Flyable《フライアブル》 Heart《ハート》

岡崎いずみ

FB
Famitsu Bunko
ファミ通文庫

カバーイラスト／いとうのいぢ
口絵・本文イラスト／ぺろ

Flyable Heart
The future has already begun.

早河恵
Megumi Hayakawa
ハイテンションな
生徒会書記
電堂あきら
Akira Dendou
謎の美少女クラスメイト
白鷺茉百合
Mayuri Shirasagi
麗しき生徒会副会長

フライアブル ハート

CONTENTS

Flyable Heart

The future has already begun.

登場人物

稲羽《いなば》 結衣《ゆい》

晶と同じ転校生のクラスメイト。明るく人懐っこい普通の女の子。やや気弱な面があり、パニックになると言動が支離滅裂になったりする。「ごはん」が大好きなのに、何故か周囲には秘密にしているらしい。隠れ時代劇マニア。

葛木《かつらぎ》 晶《しよう》

好きな言葉は「ごはん」のハラペコキャラ。いつも食べ物に釣られて厄介ごとに関わるハメになるが、中途半端なことを嫌い、きちんと最後まで面倒をみようとするまじめな一面も。父子家庭で育ったため、男女関係にはちょっと鈍感。

マックス

晶のルームメイトかつ親友。ボディをくるり、人工知能を恵によって開発されたハイテク多目的ロボット。ちょっと暑苦しい性格だが、基本は親友思いのいいやつ。

繚蘭会《りょうらんかい》

広大な学園都市を運営する機関の一部で、主に学園の予算管理、式典運用を担う。

皇《すめらぎ》 天音《あまね》

クラスメイトの勝気な女の子。責任感が強く、人望もあり繚蘭会会長を務める。怒るとハイキックを炸裂させる。

水無瀬《みなせ》 桜子《さくらこ》

繚蘭会メンバーのおっとりとした清楚なお嬢様。儚げな外見だがチャレンジ精神は旺盛。独特の美術センスを持つ。

九条《くじょう》 くるり

繚蘭会メンバーにして寮長を務める下級生。神経質で偏屈な性格の機械工学の天才児。男嫌いのため晶を警戒している。

雪代《ゆきしろ》 すずの

記憶をなくした自称"幽霊"の女の子。大人しく控え目な性格で、いつも教室の隅や保健室で一人たたずんでいる。よくコクコク、フルフルとジェスチャーだけで会話をする。

葛木《かつらぎ》 茂樹《しげき》

晶の父。息子のことが大好き。

皇《すめらぎ》 千羽耶《ちはや》

大財閥・皇家当主の妻で学園の理事長。

生徒会《せいとかい》

鳳繚蘭学園内のイベントや、学生の管理を主として行っている。

皇《すめらぎ》 奏龍《そうりゅう》

生徒会会長。楽しければなんでもいい学園のトラブルメーカー。

八重野《やえの》 蛍《けい》

生徒会副会長。仕事をしない会長に代わり冷静沈着に業務をこなす。

白鷺《しらさぎ》 茉百合《まゆり》

生徒会副会長。品行方正・学業優秀で、誰に対しても優しい完璧な人。

早河《はやかわ》 恵《めぐみ》

ハイテンションでポジティブな生徒会書記。実はプログラミングの天才。

プロローグ

この世界はひとつじゃなくて
限りなく近いけど異なるもうひとつの世界があって
そこにはもうひとりの自分が存在している

＊

「大きな竜巻《たつまき》に巻き込まれて、家ごと魔法の国に飛ばされちゃった女の子のお話なんだよ」

そう言いながら、君はとてもきれいな絵本を俺に見せてくれた。

子供みたいに無邪気な笑顔の君が表紙を開くと、色鮮やかな絵が飛び出して、俺は子供が読むものだなんてばかにできない、細かいところまでよくできた仕掛《しか》け絵本だなって感心してたんだ。

「女の子はお家《うち》に帰りたくってね、途中で出会ったすてきな仲間と一緒に、何でも願いを叶《かな》えてくれる魔法使いの所へ行くんだよ」

「仲間って？」

俺が聞くと、君は絵本を指《ゆび》さしながら楽しそうに教えてくれた。

「知恵が欲しいかかしさんに、心が欲しいブリキの木こりさん、それから勇気が欲しい臆病《おくびょう》なライオンさん」

　ページをめくるたびに、次々といろんな仕掛けが飛び出して、君はまるで自分も一緒に旅をしているみたいに、ころころと表情を変えるんだ。

「そして魔法使いがいるエメラルドの国にたどり着いた女の子は、魔法の銀の靴《くつ》でお家に帰ることができました」

「最初から魔法の銀の靴を使えば、すぐに家に帰れたのに」

　夢のない俺の言葉に、君はちょっとだけがっかりしたみたいに肩をすくめながら言ったよね。

「でもそれだったら、かかしさんや、ブリキの木こりさんや、ライオンさんと仲良くなることもなかったんだよ」

　それから君はこうも言ったんだ。

「私だったら、銀の靴を脱《ぬ》ぎ捨《す》てて、すてきな仲間と一緒に、ずっと仲良く魔法の国で暮らしたいな」

　あのときの俺は、なんて答えたっけ。

「魔法の国にごはんがたくさんあるなら、それもいいな……」

よく覚えてないけど、そんなようなことを言ったんだ。

でもね、今は、あのとき君があゝいうふうに言ってくれたから、俺はここにいるのかもしれないと思えるんだ。

魔法の国に君がいるから、俺は銀の靴を脱ぎ捨てる勇気が持てたんだよ。

第1章

誕生日:10月16日
血液型:AB型
身長:153cm
体重:46kg

YUI
INABA

「超豪華《ごうか》な幸せのカタマリをプレゼントです〜」

バニーガールのお姉さんが微笑《ほほえ》みながら右手をすっと差し出すと、ポンッという音とともに実にウマそうなステーキが現れる。

「まずは黒毛和牛フィレ肉にトリュフ風味のソースをどうぞ」

「こ、これ……。食べていいんですか？」

ステーキの乗った皿がバニーさんの手から俺の方へと、ぷかぷかと浮遊《ふゆう》しながら近づいてくる。

「もしもお魚気分って感じなら、鯛《たい》のブレゼはいかがかしら？ それともエビなんかがお好《この》み？ もちろんデザートもたっぷり用意してあるからね！ シュークリームにマカロン、アイスクリームにキャラメルソースを添えて……」

ポンッと音が鳴るたび、バニーさんの手のひらの上に、次から次へと美味《おい》しそうな料理が現れる。

俺の好きな言葉は『ご飯』だ。もしくは『昨日のご飯、何食べた？』でもいい。俺はなによりもご飯が大好きだ。あったかくて美味しくて、おまけになんだか幸せになれる気がする。

あ、ご飯だけじゃなくて、もちろんおやつも好きだ。

すなわち、この状況は俺にとってこの上なく幸せな、夢のような状況なわけで……。

「いっただきまーす！」

俺は迷うことなく勢いよく手を伸ばし、ぷかぷかと浮遊する皿をつかもうとする。

「晶《しょう》くーん」

バニーさんが俺の名前を呼んだ。皿をつかもうとしていた手が止まる。

「ほーら、晶くーん」

優しい微笑みを浮かべながら、俺の名前を呼び続けるバニーさん。その姿が、だんだんとぼやけていく。そして、俺の目の前を浮遊していた料理たちが、ひとつまたひとつと消えていく。

ちょ、ちょっと待って！　まだ何も食べてないし……ちょっと、ほんとに待って！

お願いだから……俺のご飯っ！

「ほらー晶くん、もう朝だぞー」

「う、うわわっ！」

バニーさんの代わりに目の前に現れたのは、父・茂樹《しげき》、43歳。

「ほらほら、もうこんな時間だよ」

「俺のステーキは？　ぷりっぷりのエビは？　シュークリームは？　バニーさんはどこ行ったの？」

混乱する俺に、親父《おやじ》はくったくのない笑顔で答える。

「寝ぼけてる晶くんもかわいらしいものだと父さんは思うけど、バニーさんはここにはいないなあ」

夢のような状況は、本当に夢だった。

「さあ、晶くん、朝ご飯の時間だよ！」

確かに、朝ご飯は大事だ。大事だけど、バニーさんの超豪華な料理も食べたかった。

あ～、もう一度寝たら同じ夢、見られるかなあ。

そんな儚《はかな》い願いを抱きながら、俺は親父に剝《は》ぎ取《と》られた布団《ふとん》を引き寄せる。

「わぁっ、わっ、晶くん。寝ちゃだめだよ。久しぶりにこんな時間に父さんと晶くんが揃《そろ》ってるんだから、一緒に朝ご飯を食べようじゃないか」

親父に両肩を摑《つか》まれ、ぶんぶん揺さぶられると、だんだんと頭がしっかりしてくる。

「ってか、今日祝日じゃないか」

「そう、だから、ゆっくりとご飯が食べられるぞ」

ご飯は食べたい。その気持ちだけが俺を動かす。俺は重たい体を起こした。

「ちなみに、まだ何も作ってないんだけどね」

そう言ってニコッと笑う親父の顔に、悪意はまったくない。

まっ、別にこんなことは慣れっこだ。母が亡くなってから、もう何年も男二人だけの生活。俺はベッドから出てさっさと着替えると、キッチンへと行き、手早く朝ご飯の仕《し》度《たく》を始めた。

「晶くん、これ怒ってるってことかな。父さんには、すごーく怒ってるって感じがするんだが……」

こんがりと焼けたトーストをジッと見つめながら、親父がさみしそうにつぶやく。トーストの隣《となり》には目玉焼き。そのさらに隣にはグラスになみなみとつがれたオレンジジュース。そして何の飾り気もなく、テーブルの上に直《じか》に置かれたバナナが二本。

「冷蔵庫に何もなかっただけだよ」

俺だって、もっとまともな朝ご飯が食べたい。よりによって、あんな夢から目覚めた朝にこのラインナップでは、あまりにも悲しすぎる。

「仕方ないだろう。どうせ、今日も俺ひとりだと思ってたんだから。非番《ひばん》なら、非番って言ってくれれば何か買っておいたのに……」

すると親父は嬉《うれ》しそうに目を輝かせた。

「そうなんだよ～。事件が予想外に早く片づいたのと、父さんの管轄《かんかつ》じゃなくなったのでね。ちょっとだけお休みもらえたんだ」

「そんなんで大丈夫なの？　警察」

「たぶん」

「たぶんって……」

適当過ぎる返事に呆《あき》れる俺に、親父は振り込めサギに真っ先に引っかかってしまいそうな人の良い笑顔を向ける。

この人が刑事だなんて、誰も気づかないだろう。血の繋《つな》がった息子である俺でさえ、未《いま》だに信じられない事実だ。でも、まあ、それだけに親父に追われてる犯人も、絶対に気づかないだろうけど……。

「そんなことより！」

親父は食べかけのトーストを放《ほう》り出すと、自分が座っている椅子《いす》の背もたれにかけてある背広の内ポケットから、無理矢理押し込んであったのか、くしゃくしゃになった封筒を取り出した。

「なにそれ？」

「わざわざ晶くんがお休みの日に、こんな朝から起こしたのは、これを渡すためだったんだ」
　くしゃくしゃになった封筒のシワを一生懸命伸ばしてから、親父はそれを俺に手渡す。
よくポケットに入ったなと思うくらい、ちょっと大きめの封筒の表には『葛木《かつらぎ》晶様』
と書かれていた。
「なに？　俺宛《あて》の手紙？」
　聞きながら俺は封筒の端をビリビリと破《やぶ》いて中身を取り出す。
『私立　鳳《おおとり》　繚蘭《りようらん》学園』入学案内……？」
　封筒の中には、パンフレットと一枚の手紙が入っていた。広大《こうだい》な海と緑の写真は、ま
るで観光パンフレットのようだったけど、表紙には『学園』の文字。
「晶くん、それってなんの手紙だい？」
　親父が興味ありげに覗《のぞ》き込《こ》んでくる。俺はパンフレットのページをパラパラとめくり
ながら、なんとなく目に飛び込んできた部分を読み上げた。
「……あらゆる方面に対し、才能が秀《ひい》でている者を集めた巨大学園都市『私立鳳繚蘭学
園』……全寮制の学園内には様々な研究施設や病院などがあり、それぞれ最新の機器が
導入され……将来を担《にな》う優秀な人材、安心してのびのびと自由に才能を伸ばせる……っ
てさ……」

そこで俺は読んでいたパンフレットをぱたんと閉じると、うんうんと真剣に聞いていた親父に目を向けた。

「……これ、間違って届いたんじゃない？」

「どうして？」

「だってこれ、明らかに俺の人生と違うルートの話なんだけど」

すると親父はすこし眉根《まゆね》を寄せて、俺の顔を覗き込んだ。

「自分のこと、そんな風に思っているのかい？」

「そんな風にっていうか……」

答えあぐねている俺に、親父はパンフレットが入っていた封筒を見せる。

「でもほらさ、封筒にはちゃんと晶くんの名前が書いてある……ん？　まだ何か入っているよ」

そう言いながら、親父が持っていた封筒を逆さまにすると、テーブルの上にコトッと何かがこぼれ落ちた。それは一枚のカードだった。

「入学許可証……『葛木晶』って、俺の名前が刻印されてる……この者、『私立鳳繚蘭学園』の学生として入学を許可する。特別入学待遇者としての控除《こうじょ》は裏面に記す……って……親父、何か手続きとかした？」

「いーや、まったくもって、これっぽっちも」

親父はぶんぶんと思いっきり首を横に振った。

「なんかキモチワルイな……」

俺はつぶやきながらなんとなくカードを裏返す。そして、そこに書かれていた文章を見て、動きが止まる。

カードの裏面には、学費及び寮費の免除やら、特別研究施設使用の許可やら、特別ナントカ控除ってやつがずらりと記されていた。俺はそのなかにひときわ輝く文字を発見した。

『学園内食堂のフリーパス』

「ちょ、パンフレット！　パンフレットもう一回見せて！」

「……晶くん？」

俺は奪い取るようにパンフレットを掴むと、バサバサと破いてしまいそうな勢いでページをめくる。

「食堂って……食堂って……このレストランみたいなやつか!?」

ページを何枚かめくると、そこには大きな窓からさんさんと光が降り注ぐ、開放的な空間で食事をしている学生の姿が写っていた。彼らが制服らしきものを着ているから、かろうじて学園内にある食堂なんだろうって予測がつくけど、もし彼らが私服だったら、どこかのリゾート地にあるレストランかと思わせるオシャレな内装に、俺の期待はイヤでも高まる。

「晶くんどうしたの⁉　父さんの知ってる晶くんと違う目になってるよ！」

心配そうな親父の声は、もう俺の耳には届いていなかった。

「この内装でメニューが日替わり定食だけってことは絶対ないよな。そうだよ、私立なんかだと、フレンチレストランがあるところなんかもあるし……。しかもフリーパスってことは、朝も昼も夜も思いっきり食べても大丈夫ってことだと受け取っていいんだよな」

「しょ、晶くん？　父さんは無視かい？」

俺はガタッと椅子をならして立ち上がると、真《ま》っ直《す》ぐに親父を見下ろした。

「親父！」

「はっ、はい」

「俺、行ってみる」

親父は大きく目を見開いて、ポカンと口を開けていた。でも、すぐに我に返ると、慎《しん》重《ちょう》に口を開く。

「ま、待ちなさい晶くん。そんな……よく確かめもせずに行くのかい？」

「とりあえず行ってみる」

親父が困ったような表情を浮かべる。

「晶くん、ごめん。こんな超お金持ち学校、ちょっと父さん的には難しいんだ……」

「いや、なんかカバンひとつでどーんと来いって書いてあるんだ……ってああ！」

パンフレットと一緒に入っていた手紙に目を通しながら、俺は叫んだ。

「な、なに？　晶くん、どうしたの？」

「入学手続き期限、明日じゃないか！」

手紙をバンと目の前に突きつけられた親父は、肩をすくめる。

「実はそれ一週間前にポストに入ってて、ポケットに押し込んだまま張り込みいっちゃってね。ほら、ここしばらく帰ってこられなかっただろう？　だからなかなか晶くんに渡せなくて。それで今日、やっと渡せたってわけなんだ」

「バ、バカ親父ッー!!」

俺に怒鳴《どな》られ小さくなる親父。それから親父は小さくなったまま、リビングのソファに座り込み、さっそく家を出る準備を始めた俺を黙《だま》ってジッと見守っていた。

「晶くん、ほんとに行くのかい？」

必要そうな物が入ったバッグを持った俺が玄関《げんかん》に立つと、親父は重たい足取りで見送りに出てきた。

「いってきまーす」

「そんな軽い挨拶《あいさつ》だけ!? 可愛い一人息子が全寮制の遠い学校に行くんだよ! もうちょっとなんていうかこう……あるでしょう?」

外に出ようとする俺の腕を掴んだ親父の目は、ちょっぴり潤《うる》んでいた。

「親父が一週間あの封筒を持ってたおかげで、その時間はない」

非情な俺の言葉に、親父はとうとう嗚咽《おえつ》をもらす。

「……っく……晶くん……。父さんは寂《さび》しいぞ。寂しすぎるからこれをっ!」

そう言って、親父が俺の手に強引に掴ませたのは、俺と親父の二人で写っている写真だった。「最近全然一緒に写真を撮っていない」という理由で、これまた強引につい数週間前に撮ったものだ。

「これが一番お気に入りなんだ。持って行きなさい」

「は、はあ? イヤだってこんなの」

突き返そうとすると、親父はうるうるとした目でグッと俺に顔を近づけた。

「持っていかないと、父さん無理矢理ついていっちゃうぞ。職権濫用《しょっけんらんよう》して捜査令状《そうされいじょう》出して……」

やりかねない。この親父なら、やりかねないな。

「わかったよ……」

微笑む父・茂樹と俺……。

そんな微妙な写真を、俺はポケットに押し込む。

「危ないことがあったらすぐに電話するんだよ！　変な人に声かけられてもついていくんじゃないよ！　ううっ……いってらっしゃい」

そして俺は、今にも泣き崩れてしまいそうな親父を振り切って家を出たのだった。


学園の最寄《もよ》りの駅からバスに乗って着いたところは、長い長い真っ直ぐに伸びた大きな橋の上だった。

パンフレットによると、この橋を渡りきった先にある島が学園らしい。なんでも、島全体が学園を形成している巨大学園都市とかで、島のなかには学園の校舎《こうしゃ》や寮以外に、病院やショッピングモールなんかもあるんだとか。

島とはいっても、予想以上に大きくて、橋の先には鬱蒼《うっそう》と緑が生《お》い茂《しげ》る林道が続いていて、その向こうに見える、おそらくあれが校舎だろうと思われる近代的な建物までは、まだまだだいぶありそうだった。

早くしないと、日が沈みそうだな。急ごう。

カバンを担《かつ》ぎなおして歩き出すと、林道の向こうから誰《だれ》か走ってくるのが見えた。金《きん》糸《し》の装飾《そうしょく》が施《ほどこ》された紺のブレザーに白いパンツ。

あれは確かパンフレットにも載っていた、学園の制服だ。ってことは、ここの学生ってことだよな。しかも男子。

鳳繚蘭学園はほとんどの学生が女子で、男子はわずかしかいないらしい。

どうしよう、声かけた方がいいかな。

そんなことを迷っているうちに、その男子学生はどんどん近づいてくる。

そのときだった。俺の姿に気づいた男子学生は、パッと目を輝かせると一目散《いちもくさん》に俺の方へと駆《か》け寄《よ》ってくる。

「おお！　まさに神の使い！」

「なっ、なに？」

俺は思わず後ずさった。

「勇者よ、これを託《たく》そう」

色白で整った顔立ちとは対照的に、妙に軽薄《けいはく》な雰囲気《ふんいき》が印象的なその学生は、いきなり俺の手首をギュッと摑むと、手のひらの上に小さなプラスチックみたいなものを握《にぎ》らせた。

「え？　えっと、あの……」

「選ばれし勇者よ……俺が徹夜《てつや》で作ったこのデータを守ってくれ！」

「はあ？」

「そうか、ありがとう。君ならできる。信じているぞ！　もうすぐ追っ手がくるから俺は行く！　そして君の無事を祈る。アドバイスするなら、そこの茂みに隠れるといいと思う!!」

「おうわあ!!」

男子学生は俺に質問する間も与えず、一方的にまくし立てると、両手で思いっきり俺を突き飛ばした。

「痛ッー！　なんなんだよ！」

橋の脇《わき》にあった茂みの中で、俺は尻《しり》もちをついた状態のまま叫んだ。ぼうぼうと生えた草たちが視界を遮《さえぎ》り、さっきの男子学生の声だけが聞こえる。

「健闘を祈るッ！」

祈られても……。

なにがなんだか理解できず途方《とほう》に暮《く》れていると、茂みの向こうから、今度は複数の足音が聞こえてきた。

なんだ？　また誰か来るのか？

これ以上めんどくさいことに巻き込まれたくないと思った俺は、茂みの中で足音が通り過ぎるのを待った。ところが、足音は茂みの向こうで止まってしまう。

「絶対こっちに向かったはずなのに」

「うん確かにこっち」

あの人、ほんとに追われてたのか⁉

とんでもなくヤバイことに巻き込まれてしまったような気がして、俺は本能的に息を潜《ひそ》めながら、汗ばんでくる両手をギュッと握りしめた。

その瞬間、手の中に感じる違和感。

握りしめた手を開くと、そこにはさっきの男子学生が俺に握らせたプラスチックの小さなかたまりがあった。

「ほんっと、逃げるのだけは天才的なんだから」

「あ、左後方に反応あり。予想外に近い」

「ほんと⁉　あっ‼　あそこよっ‼」

追っ手の声は明らかに女の子のものだった。

女の子なら捕まってボコボコにされるってことはなさそうだけど……。

そんなことを考えながら、茂みから出ていこうかどうしようか迷っているうちに、彼女たちはどこかへ行ってしまった。

俺は手のひらの上にあるものをジッと見つめた。

ＵＳＢメモリ？

ひっくり返してみると、小さく畳《たた》まれたメモがくっついている。ひろげてみると、そこには、なんだかふざけた丸文字でこう書かれていた。

選ばれし勇者よ
この記憶のクリスタルと橋にあるいにしえの機械を融合《ゆうごう》させ
太陽のボタンを押せば
そなたの望む美しきあらたな道が開けるであろう
平たく言うと
橋にある機械にＵＳＢメモリをつっこんでね
素敵《すてき》なことが起こるよ♪

ここは無視するべきだ。これ以上めんどくさいことに巻き込まれたくはない。追っ手の女の子たちは俺の姿を見ていない。このUSBメモリさえ捨ててしまえば、あとは知らぬ存ぜぬで切り抜けられるはず……でも……。

さっきの妙に軽い空気を漂わせた男子学生が脳裏《のうり》をよぎる。

あの人はなぜだかもっとやっかいな存在のような気がする。無視したら余計にめんどくさいことになりそうだ。

いや、まて、やっぱり無視した方がいいに決まってる。

俺は辺《あた》りに誰もいないことを確認すると、茂みからそっと道に出た。メモに書かれている通り、林道に入るすぐ手前の橋の上には、ゲーム機くらいの大きさの機械のようなものがある。USBメモリがちょうどささりそうな穴もあった。

目の前にはあと1ピース埋《う》めれば完成するジグソーパズル。自分の手元には最後の1ピース。そんな状況におかれたら、誰だって埋めたくなる。パチッてピッタリはめたら、どんなに気持ちいいだろう。

そんな心理が働いたのか、俺は手に持っていたUSBメモリを機械にある穴に差してしまった。

「おっ、ちゃんと認識してる」

ブーンという機械音が小さく響き、俺は不覚にもちょっとワクワクした気持ちを抱いてしまう。

確かメモにはボタンを押せって書いてあったよな。

メモの内容を思い出しながらボタンを押そうとしたけど、色も形も違うボタンがいくつも並んでいる。

青くて四角いやつ、黄色い三角のやつ、緑はちょっと縦長の四角で、白はやけにちっちゃい星形、そして大きな赤いボタン。

う～ん、太陽のボタンとかなんとかってあったけど……。太陽っぽいやつを押せばいいのか？　太陽っぽいっていうならコレだと思うんだけど……ってか、なんで俺はこんなことに頭を悩ませているんだろうか……。まぁ、爆弾とか、そういうもんじゃないだろうし、間違えたところで俺には関係のないことだし……。

えぇ～い、コレだ！

指先がボタンに触れる。そのあと自分がボタンを押したのかどうか、脳が認識する前に、俺の体は激しく揺れた。

地震!?

そう思った瞬間だった。耳をつんざくような轟音《ごうおん》とともに、俺の体は宙へと吹き飛ばされた。

爆発したのか⁉　あれは爆弾だったのか⁉

視界が空でいっぱいになり、花火が瞬《また》いた。

そうか……死ぬときって、こんな風に花火が見えるのか……。あぁ～、食堂のフリーパス……食べ放題どころか、まだ食堂にさえも辿《たど》り着《つ》いていないのに……。まさか、こんなところで、こんな形で死ぬことになるなんて……。

そう思って、すこしだけ視線を上げようとすると、突然、目の前に光があふれ出す。辺りが真っ白になって何も見えなくなる。あまりの眩《まぶ》しさに、頭がくらくらして、目を開けているのがやっとだった。

そのとき、大きな影が俺の視界を遮った。

「……大丈夫、わたしが必ず助けるから……大丈夫だから……」

そう聞こえた気がした。

誰？

聞きたいけど、声が出ない。頭が朦朧《もうろう》としてきて、視界もぼやけてくる。

ああ……俺、やっぱり死ぬんだ。

そう確信したとき、俺の意識は完全に途切《とぎ》れたのだった。

「……えいっ！」

小さなかけ声とともに、頬《ほお》に痛みを感じた。

「いててっ！」

目を開けると、パンツが見えた。シンプル・イズ・ザ・ベストの白いパンツ。

「ご、ごめんなさい！　ほっぺたつねったら、目が覚めるかなって思って……」

パンツが……じゃなくて、しゃがんでいる女の子が俺の顔を覗き込んでいる。

「あの……ていうか、大丈夫？」

「……何が？」

パンツを見つめたまま俺は聞き返す。

「だって、こんなところでひっくり返ってたから」

そうだ、そうだった、思い出した、爆発だ。

あれ？　でも、どこも痛くないし、これってもう死んじゃったってことなのか⁉　もしかして目の前に見えるパンツは、神様が死んでしまった俺に与えてくれたご褒美《ほうび》とか⁉　そうだよ、そうに違いない。もしここが天国なら、それくらいのサービスがあっても全然おかしくないよな。

「……ねぇ、俺死んだの？」

女の子は不思議そうに首を傾《かし》げる。

「た、たぶん……生きてると思うな、わたしは」

「へ？　生きてるの？」

手を握ったり開いたりしてみると、問題なく動いた。指先には地面の砂っぽい手触《てざわ》りもある。慌《あわ》てて起き上がると、女の子の肩越しに、長い長い橋と学園へと続く林道も見えた。

「良かった死んでない！　パンツはホンモノだ！」

そう叫んでしまってから、俺はハッとして振り返る。その瞬間、女の子の平手が俺の頬にヒットした。

「ぎゃああ！」

「あっ！　ごごご、ごめんなさい!!　つい！」

頬を押さえてしゃがみこむ俺。ぺこぺこと頭を下げる女の子。

でも、どう考えても俺が悪いよな……。

「あの……そんなに謝らないでよ。俺が悪かったんだから、その……ごめん」

「あ……う、うん」

女の子は困ったようにうつむいてから、小さく頷《うなず》いた。それからしばらくすると、二人のあいだに流れる微妙な空気をなぎはらうように、ごほんと軽い咳払《せきばら》いをしてから、女の子は口を開いた。

「あの、えっと、あなたは誰なのかな？」

「あ、ああ……えっと、葛木晶っていうんだけど、今日ここに転校してきた……っていうか、まだ手続きしてないから転校する予定っていうか……きみは？　ここの学園の学生……だよね」

女の子は落ち着いた赤い色のベストに、少し短めなスカート姿で、それはパンフレットで見た制服と同じものだった。

「転校生!?」

女の子は俺の質問には答えずに、くりくりとよく動く興味深そうな眼差《まなざ》しを俺に向けてから、ハッとしたように姿勢を正した。

「わたし、稲羽結衣《いなばゆい》と申す者ですっ！」

「はっ、はぁ～」

「わたしも転校生なんだ～。一週間前にここに来たの。おそろいだねっ。そっかー、うんうん、ちょっとどきどきするよね。転校って。それにここ、すっごく有名な学園だし、ちっちゃい頃からエスカレーター式で優秀って子ばっかりなんだろうなあ、なんて思って、うまくなじめるかなって不安に感じちゃったりしちゃうでしょ？」

「ま、まあ……」

俺が頷くと、稲羽は「わかる、わかる」と言いたげな顔で、肩にかかるサラサラの髪を揺らしながら、満足げに頷いた。

あまり経験したことのないノリにちょっと戸惑《とまど》いながらも、俺はホッとしていた。パンフレットから想像してた学園は、確かにお嬢様やお坊ちゃまばかりで、息苦しい感じがするのかななんて思っていた。でも、自分と同じような感覚の普通の女の子がいることがわかった。

よっし、これで、不安なことは何もない。あとは食堂行って、朝も、昼も、夜も、お腹《なか》いっぱい大好きなご飯を……って、俺、まだ入学手続きもしてないんだよなぁ……。

「そういえば、葛木くんはどうして平日のこんな時間に来たの？」

「え？　今日は平日じゃなくて祝日……」

そこまで言って、俺は腕時計に視線を落とす。バスが橋の上に着いたのは、確か夕方の四時ごろだった。それなのに今、時計の針は三時をさしている。

じ、時間が戻った⁉

いやいや、そうじゃないだろう。

「今日って、何日？」

「二十四日だよ。昨日は確かにお休みだったけど……」

俺は頭を抱《かか》え込《こ》んだ。

こんなところで一日中気絶してたのか……。あれ？　ってことは入学手続きの期限って今日だよな。

「あのさ、転校の手続きってどうすればいい？　今日中にしないといけないんだけど……」

するとと稲羽はちょっと考えてから、俺を見た。

「きっと、天音《あまね》ちゃんならどうすればいいか知ってるんじゃないかな。繚蘭会《りょうらんかい》のメンバーだし、そういう手続きのこととかもわかってると思うよ。そうだ、私が案内してあげる」

そこで俺は稲羽の後にくっついて、やっと学園内へと足を踏み入れることが出来たのだった。

木漏《こも》れ日《び》が降り注ぐ林道を抜けると、視界が開け、ドーンと立派な校舎が見えてくる。稲羽に教えられなかったら、おそらく俺はそこが学園の正門だとはわからなかっただろう。

扇《おうぎ》のような形の広場を半分だけ囲むように伸びた大階段。その両端に彫刻のような支柱が空に向かってそびえ立っていた。

「あ、いたいた、天音ちゃーん！」

授業はもう終わったのか、たくさんの学生が大階段を降りてくる。

「あっ、くるりちゃんもいる！　ちょうどよかった」

稲羽に呼び止められ立ち止まったのは、ふわふわと柔らかそうな髪に凛《りん》とした目元が印象的な女の子と、腰まである長い髪をツインテールに結んだちっちゃい女の子だった。

『りょうらんかい』なんて仰々《ぎょうぎょう》しい名前を聞いていた俺は、ちょっと拍子《ひょうし》抜《ぬ》けした。

もっと、なんかこう偉そうな人が出てくると思ったのに、見たところ同い年くらいだし、ごくごく普通の学生にしか見えない二人。ただ、ちっちゃい女の子のツインテールに、なんかメカメカしいものがくっついていて、それがちょっとだけ不思議だった。

「天音ちゃんに、くるりちゃん。二人とも繚蘭会なんだよ。こちらは葛木晶くんって言うんだって。わたしと同じ転校生！」

稲羽に紹介された俺は軽く頭を下げる。しかし、天音と呼ばれたふわふわ髪の女の子も、くるりと紹介されたちっちゃい女の子も、訝《いぶか》しげな視線を俺に向けたまま、まったく動かない。

「天音ちゃん？」

稲羽の声に不安の色が混じる。すると天音と呼ばれた女の子は、稲羽を俺から庇《かば》うようにして一歩前に出た。

「……私は繚蘭会会長を務《つと》めています皇《すめらぎ》天音といいます。繚蘭会とは学園内の式典の運営や、予算・会計・学生たちの管理などを担当しています。そして、私たちが把握《はあく》していない転校生なんているはずがないのです！」

「……不審《ふしん》人物」

繚蘭会長と名乗った女の子の後ろで、メカメカツインテールは俺を指さしながらつぶやいた。

「え？　俺？」

なんの騒ぎかと、周りにいた学生たちも足を止める。

どうなってんだ？　不審人物？　そうだ、入学許可証だ、あれを見せれば……。

俺は急いでカバンの中をがさごそとあさると、俺宛に送りつけられたカードを取り出した。そして、それをバーンッと彼女たちに突きつける。

「こ、これ見て！　ちゃんと入学許可って書いてあるだろう？」

繚蘭会長はそれを奪うように俺から取り上げると、メカメカツインテールと二人で入念にチェックし始めた。

「見て、このレベルの複製は不可能よね、くるり」

「うん。だとしたら誰かが繚蘭会に無断で迎え入れた……？」

それから、しばらく二人はごそごそと何か話していたかと思うと、今度は繚蘭会長が俺の腕をガッツリと掴んだ。

「とにかく、あなた！　一緒に来てくれるかしら」

言いながら、繚蘭会長は俺の腕を強引に引っ張り、どんどん校舎の中へと入っていく。

「来てくれるかしら」なんて言ってたけど、この図は明らかに強制連行だ。後ろからついてくるメカメカツインテールの目つきは、どう見ても逃亡を見逃さないというセキュリティーモードだし……。

「よかった。やっぱり手続きのこと、天音ちゃんたちならわかるんだよね。これからも転校生同士よろしくね～！」

稲羽はこの状況を把握しているのか、いないのか、無邪気《むじゃき》な笑顔を浮かべながら俺の横を走ってる。

あぁ～俺、どうなっちゃうんだ？

いったい、どこに連れて行かれるのかと思っていると、繚蘭会長が前方を歩いている二人の女の子を呼び止めた。

「桜子《さくらこ》！」

繚蘭会長の声に、女の子が振り返る。その瞬間、俺は高原に咲く真っ白な花を揺らしている高貴な風を感じた。

空気が変わるというのは、これか……。

稲羽や繚蘭会長と同じ制服を着ている少女は、緩《ゆる》やかなカーブを描く長い髪を揺らしながら振り返り、金糸で彩られた紺地の大人っぽい制服を着ている少女は、艶《つや》やかな黒いストレートヘアにそっと手を添えながら優しく微笑んでいた。

ナマお嬢様だ！

俺は心の中で叫んだ。俺の人生、ここに来なければ、おそらく一生出会うことなどなかったであろう絵に描いたようなお嬢様が、そこに立っている。

しかし、今の俺にはそんな状況を楽しむことなど許されなかった。

「ねぇ、桜子、最近転校生が来る予定なんてあった？」

「転校生？　結衣さんではなくて？」

稲羽たちと同じ制服を着た少女がゆっくりとそう言うと、繚蘭会長は黒髪の少女に視線を移した。

「茉百合《まゆり》さんは何か知ってますか？」

「いいえ、私もそういった事は聞いていませんわ」

黒髪の少女が答えると、繚蘭会長は俺をぎろりと睨《にら》む。

な、なんか、ヤバそーな雰囲気……。もしかして、あの入学許可証はやっぱり間違って俺に届いただけなのか!?

「どうした？」

気がつけば、黒髪の少女の隣に、ひとりの男子学生が立っていた。繚蘭会長は俺から視線を外すと、彼に向き直る。

「八重野《やえの》くん、彼は転校生らしいのですが、繚蘭会ではデータを把握していません。生徒会は彼について何か聞いていますか？」

すると男子学生は鋭い視線で俺を捕らえた。

「転校生？　俺は何も聞いていない。繚蘭会も生徒会も把握していない転校生などありえない」

次の瞬間、そこにいた全員が俺を見た。

うっ……痛い、みんなの視線が……痛すぎる……。

「……考えられる可能性としては、生徒会や繚蘭会には知らせず、『誰か』が勝手にこの学園に彼をよんだ……ヤツは今どこにいる？」

男子学生の口調は冷静だった。慌てるわけでも、驚くわけでもない。それが逆に俺を不安にさせた。

「病院に検査に行っているはずですわ。昨日の騒動の顚末《てんまつ》、八重野くんも見たでしょう？」

黒髪の少女が静かに答えると、繚蘭会長の手がわなわなと震え出す。

「もー！　昨日の花火でも騒ぎを起こしたばっかりなのに、今度は勝手に転校生って!!　どうしていつも勝手ばっかりするのかな！　もういいです！　この転校生は繚蘭会で面倒見ます！　行くわよっ」

怒っていた。繚蘭会長は明らかに怒っていた。怒りを爆発させたまま、また俺をどこかへ引きずっていった。どこへ行くかなんて聞けない雰囲気のまま、学内を連れ回され、俺は校舎ではない建物に連行された。

「これが制服。くるりが用意したんだからサイズはピッタリだと思うから安心して。それとこれね」

繚蘭会長様の怒りは収まっていないようだった。それでも、こうして制服を用意してくれてるってことは、どうやら俺はこの学園にいていいらしい。

「これ……なに？」

制服とともに、液晶《えきしょう》パネルとボタンがついた携帯《けいたい》ゲーム機のようなものを渡された。

「学園内だけじゃなくて、ここは島全体が携帯電話禁止なのよ。その代わりこれで連絡を取り合うの。通話機能はないけど、メール機能だけで十分やりとり出来るはずだから。ちょっと入学許可証かして」

カードを渡すと繚蘭会長は、端末《たんまつ》にカチッと差し込んだ。

「これで、あなたの個人情報もインプットされたわ。友だち同士の連絡だけじゃなくて、学園からの連絡や、クラスの連絡なんかにもこれを使うから、なくさないでね。さて、これで大丈夫かしら？」

「あっ、うん、ありがとう。えっと……」

あれ？　名前なんだっけ？

めくるめく怒濤《どとう》の展開に、俺の脳の中では複数の名前がごちゃごちゃと混ざり合っていた。

「そういえば、自己紹介まででしたね」

そう言ったのは、緩やかなカーブを描く長い髪のお嬢様だった。稲羽は途中でどこかへ行ってしまい、ここにいるのは繚蘭会長とメカメカツインテール、そしてお嬢様その1だけだった。

「私は水無瀬《みなせ》桜子。天音さんたちと一緒に繚蘭会のお手伝いしてます。よろしくお願いしますね」

水無瀬桜子の優雅《ゆうが》なお辞儀《じぎ》に、俺は必要以上に緊張してしまう。

「あっ、えっと、み、み、なせ……さん」

「同い年なんですから、水無瀬でいいです」

その隣で繚蘭会長が再び口を開く。

「いろいろあったけど、改めまして皇天音です。私は天音でいいわ。それから……」

天音に促《うなが》され、メカメカツインテールが俺の前に立った。

「初めまして。繚蘭会メンバーの九条《くじょう》くるりです。下級生です」

意外にも礼儀正しい自己紹介に俺は驚いた。

なんだ、案外普通の子なのかも……。

でも、そんな思いはすぐに覆《くつがえ》された。

「ひとつお願いがあります。髪の毛を採取《さいしゅ》させてください」

そして、理由も教えられないまま俺は髪の毛を一本採取されたのだった。

まっ、髪の毛一本くらい取られたって死にはしないけどさ。でも、自分の一部を誰かが持っているって、ちょっと怖いかも……。

はぁ～なんかもういろんなこと考えすぎたせいか、ドッと疲れが押し寄せてきた。早く、どっか落ち着けるとこ行きたい。ほかほかのご飯食べて、洗い立てのシーツにくるまって横になりたい。

ところが、まだまだ怒濤の展開は終わっていないのだった。

第2章

誕生日:7月13日
血液型:B型
身長:162cm
体重:50kg

MAYURI SHIRASAGI

「じょ、女子寮!?」

俺の声は完全にうわずっていた。

そんな俺をニコニコと微笑《ほほえ》みながら見つめる水無瀬《みなせ》、申し訳なさそうに視線を逸《そ》らす天音《あまね》、そしてセキュリティーモードを復活させ、鋭く光る瞳《ひとみ》で睨《にら》みつける九条《くじょう》。

「残念ながら男子寮に空き部屋がないの。やっぱり、この転入はイレギュラーなのよ。でも繚蘭会《りょうらんかい》で面倒を見るといったからには、ここで放《ほう》り出《だ》すわけにもいかないものね。だから、あなたには申し訳ないけど、繚蘭会専用の女子寮に入ってもらうことにするわ」

不安でいっぱいの俺の心中《しんちゅう》を察《さっ》したのか、テキパキと事情を説明する天音の隣《となり》で、水無瀬が優しく微笑みながら口を開く。

「大丈夫ですよ。マックスさんと一緒のお部屋ですから」
マ、マックス？　名前から察するに男だよな。しかも外国人か!?　外国人の男が住んでいる女子寮って……いったいなんの目的があってその男は女子寮なんかに!?
俺の頭上を『?』がぐるぐる駆《か》けめぐる。

「まっ、とにかく、もう遅いし、部屋でゆっくり休んでちょうだい」

それから俺は天音からカードキーを渡されると、部屋に案内された。

さっきまで俺がいた場所は繚蘭会の執務室《しつむしつ》で、いったん外に出て別の入口から入ると、そこが繚蘭会専用の女子寮になっていた。つまり、執務室と寮は同じ建物内にあるけど、中では繋《つな》がっていない構造になっているらしい。

部屋の前まで来ると、天音と水無瀬は「おやすみなさい」と言ってそれぞれ自分の部屋に帰っていった。九条はなぜか「監視《かんし》してるから」とだけ言い残し、姿を消した。

なんか俺……九条に嫌われてる？　嫌われるようなことしたかなぁ……。まっ、いいや。とにかくゆっくり落ち着きたい。

いろいろなことがいっぺんに起こりすぎて、俺はもうなにも考えないで眠りにつきたかった。

あぁ〜、でも、俺、今日朝ご飯しか食べてないじゃん。この押し寄せる空腹感。明日の朝まで我慢《がまん》できるだろうか……。

「やあっ！　話は聞いてるぜ。新しいルームメイトだな！　俺の名はマックス。よろしくな!!」

部屋の中にはいると、マックスとやらの声がした。学生寮とは思えない広々とした部屋にはベッドと机が二つずつ並んでいて、片方の机の上には数冊の本が置かれている。ただ、マックスの姿はどこにも見当たらない。

部屋の中をキョロキョロと見渡していると、再び声がした。

「けっこうキレイに片づいてるだろ？」

声はベッドの方から聞こえた。ベッドの上にはピカピカに磨《みが》かれた金属製のロボットのようなものが置かれている。

雪だるまのような顔をした球体の上の方には、角《つの》というかウサギの耳というか、よくわからない二本の棒がついていて、サイドからは腕と思われる部品がニョキッと飛び出し、下の方には足と思われるような部品もついていた。

「なんだよ、そんなにじろじろ見るなよ。俺、なんか変か？」

う、動いた……。

俺の目の前で、ロボットの腕がテレて頭をかくような仕草《しぐさ》をしている。

言葉がみつからない。こういうときは、なんて言えばいいんだ!?　普通に自己紹介をするべきなのか？　でも待て……相手はロボットだぞ。

そんなことを悩んでいると、俺の腹がグゥ～と泣いた。

「なんだ、お腹空《なかす》いてるのか？　ほらっ、これやるよ」

するとロボットは、俺に何か投げてよこした。俺の手の中にスポッと収まったそれは、特別栄養食品『ケロリーメイト』だった。

「……あ、ありがとう」

迷った末、俺はロボットにお礼を言った。

「なに気にすんなって。ルームメイトだろ？」

しゃべった。俺、今、ロボットと会話した。すごい！　ここは未来だ！　俺は未知と遭遇《そうぐう》してるんだ！

感動している俺の前で、ロボットは再びテレたように頭をかいた。

「おいおい、まだそんな格好してるのか？　早く着替えないと遅刻だぞ？　うーん、猶《ゆう》予《よ》はあと七分ってとこだな。早く早くっ！」

真新《まあたら》しい制服に腕を通す俺の後ろで、ウインウインという機械音がする。振り返ると、金属製の球体が俺を急《せ》かしていた。

「忘れ物はないか？　行くぞ！」

ありえない。ルームメイトがロボット？　ロボットと一緒に登校？　昨日はうっかり感動しちゃったけど、ありえないでしょ。

そのときだった。俺の体の前を光が横切る。

部屋から出ようとしていた俺は、廊下の隅《すみ》からこっそりこっちをうかがっている九条と目があった。

「な、何これ？　ビーム!?」

俺の部屋の前に設置してある装置みたいなやつから、部屋から出てくる者を狙《ねら》うような角度で光が放たれている。

「簡易版とはいえ、侮《あなど》ると痛いと思う前に消えるから」

「いやいやいや、消えるって何!?　危《あぶ》ないじゃん！　取り外してよ！」

俺の必死の訴《うった》えにも、九条の表情は変わらない。

「マミィ、このままじゃオレも部屋から出られない」

「ちっ」と舌打ちしてから、ビームを取り外す九条。

俺の言うことは無視しても、ロボットの言うことは聞くのか……。

なんだか、居たたまれない気持ちになりながら、俺はロボットのお供を連れ、九条の冷たい視線に見張られながら寮を出た。

寮の外では天音と水無瀬が俺が来るのを待っていてくれた。

……よかった。

ロボットと九条の間で、息が詰まりそうだった俺はほっと胸をなで下ろす。

「おはよー、今日も気持ちのいい朝だなっ」

ウインウインという音とともに浮遊《ふゆう》しているロボットがしゃべる。それに対して、天音も水無瀬も笑顔で「おはよう」と答えた。

普通に会話している……。九条はなんとなくわかる。でも、水無瀬も天音も、ロボットに対して普通に接している。溶け込んでる。ロボットが日常の中に溶け込んでる。ここがおかしいのか、俺がおかしいのか……。

そして俺は覚悟を決めた。

ここでは、むしろ俺が異端なモノなんだ。これが普通の光景なんだ。そう思い込むしかない。俺は何しにここへ来たんだ？　すべては食堂のためだ。それ以外のことは、あまり深く考えるな。うん、そうしよう。今日から夢のような毎日が始まるんだ。

空は青く澄み切っていた。記念すべき俺の初登校を歓迎するように……。

「……って、なっ！」

覚悟を決め、気持ちを切り替え、新しい生活に飛び込もうとする俺の晴れやかな心を、ズタズタにへし折る光景。

「悪い冗談」

冷ややかな九条のつぶやきが、ポッキリと折れた俺の心を、さらに暗黒の闇《やみ》へと突き落とす。

そうだ、これは本当に悪い冗談だ。

正門の入口に掲《かか》げられた大きな垂《た》れ幕《まく》。そこには『葛木晶《かつらぎしょう》くんようこそ！　鳳《おおとり》繚《りょう》蘭《らん》学園へ』の文字。しかも『葛木晶』と書かれた部分は、あとから貼り付けられたらしく、ピラピラと風に揺られめくり上《あ》がるたびに、下から『稲羽結衣《いなばゆい》』の文字が見え隠れしている。

なんという、とってつけた感の大きい垂れ幕なんだ……。それで歓迎される身にもなってほしい。

そのうえ、垂れ幕の周辺は一体何ごとかと足を止め、ざわついている学生たちでお祭り騒ぎ状態。そして極めつけは、垂れ幕の前で呆然《ぼうぜん》とする俺を、さらに貶《おとし》めるべく現れる謎《なぞ》の男。

「ぱんぱかぱーん！　よくやってきた勇者よ……じゃなくて、俺が勝手に呼んだらしい転校生くん!!　俺は生徒会長　皇《すめらぎ》　奏龍《そうりゅう》！　早速《さっそく》だけど歓迎イベントを開始してしまうぞ！」

色白で整った顔立ちから醸《かも》し出《だ》されるやけに軽～い雰囲気《ふんいき》に、演出がかった大げさな口調。俺はその男に見覚えがあった。

「ん？　あんた、俺に何かヘンなもの押しつけていったヤツじゃないか！」

「ん～。なんのことかわかんない！」

うこ
鳳繚蘭

おいっ、ものすごい勢いでしらばっくれられたぞ。

あわや大惨事《だいさんじ》の爆発事件に人を巻き込んでおきながら、まったくもって我関《われかん》せずの、その堂々たるしらばっくれっぷりに、俺は怒りを通り越して感動すらおぼえた。そんな俺の隣で、なぜか天音が怒りを爆発させる。

「ちょっと、こんなイベントをするなんて繚蘭会は聞いてませんけど！」

「いやーイベントっていうかね、ただの顔見せですよ。新しい転校生はどんなかなーって。俺たち生徒会の自己紹介もしておきたいと思いましてね」

そこで俺はふと疑問に思った。

繚蘭会って生徒会のことじゃないのか？　この人さっき自分のこと生徒会長って言ってたよな。ってか、この人が生徒会長って……一番選んじゃいけない人のような気がするんだけど……。

そんな俺の疑問に答えるべく現れたのは、昨日会った黒髪のお嬢様と、鋭い視線をした男子学生だった。

「すまない。もっと簡潔《かんけつ》にすませるつもりだったんだが。垂れ幕はあとでちゃんとコイツに片づけさせるから、自己紹介だけさせてくれ」

そう言って男子学生はいとも簡単に天音の怒りを静めると、俺に視線を向けた。

「俺は八重野蛍《やえのけい》。最上級生で生徒会の副会長をしている。生徒会も繚蘭会と同様、学生が運営する組織だが、立場が少し違う。二つの組織が存在するのは、お互いに意見を交換し、協力しあうことで、よりよい学園生活を提供するという目的のためだ。だから転校生である君のことは、繚蘭会だけでなく生徒会側も把握《はあく》しておかなくてはいけないのでね」

俺は納得のいった説明に大きく頷《うなず》く。

なにに納得って、隙《すき》のない物腰、冷静な口調、見るものを圧倒する鋭い視線……この人が副会長なら、アイツが会長でも大丈夫だろうっていう納得。

「私もいいかしら」

八重野先輩の横で、黒髪のお嬢様が微笑んだ。その瞬間、周りに集まってきていた学生の口からため息がこぼれるのがわかった。

「白鷺茉百合《しらさぎまゆり》です。八重野くんと共に生徒会副会長を務《つと》めています、よろしくね」

完璧《かんぺき》だ。この二人なら完璧だ。

二人の副会長は、カリスマっていうのはたぶんこういう人たちのことを言うんだろうなと思えるオーラを出しまくっていた。

この二人が副会長なら、会長があんなのでも全然大丈夫。この学園は安泰《あんたい》だ。

「じゃぁ次は俺の番だな。まずは俺の魅力がどれだけ皆を幸せにしたかの話から始めようか。う～ん、やばいな～授業が終わるまでに語りきれるかな～」

「す、すごいです！　会長のすごいところたくさんすぎ！　ぱちぱちぱち～」

二人の副会長が醸し出した緊張感をガラガラと崩していくバカ会長。ふと視線を下《さ》げると、そんなバカ会長になぜか全力で拍手を贈っているショートヘアのちっちゃい女の子がいた。

「君も生徒会なの？」

「はい。生徒会書記・早河恵《はやかわめぐみ》です！　ぐみちゃんって呼んでください！　では会長に代わって、ぐみが会長の魅力を説明いたします！　会長はなんでも完璧にやりこなすし、すーっごく楽しい気もちにさせてくれます！　クラスメイトもいつも会長の話をしていて……」

満足そうに頷くバカ会長の隣で、ぐみちゃんとやらの会長話は延々と続きそうな勢いだった。

すごい。この会長と同じテンションでいられる人種が存在するとは……。

ってか、やっぱり不安になってきた。俺はここへ来てよかったんだろうか。いろんな意味で普通じゃない人ばっかりで、俺なんかのような一般人がいてはいけないような気がしてきた。

でも、神様は俺を見捨ててはいなかったのだ。

「うわーうわー！　すごい偶然だよね！　一緒のクラスかあ。かなり嬉《うれ》しいな」

「偶然というよりも、必然性のほうが高いんだけどね。繚蘭会がきちんとサポートするって決めたんだから」

一般人の俺と同じフツーの感覚を持った稲羽と、昨日からいろいろと面倒見てくれている天音と同じクラスになれたことで、バカ会長によって植えつけられた不安がちょっとだけ解消された。

「ちなみにオレも同じクラスだ！」

「え、お前も!?」

「お前じゃねー!!　マックス！　親友に向かってお前はないだろう！」

いつから親友に……。そして、なぜ俺の隣の席に……。それ以前に、クラスの誰もがマックスの存在を当たり前のように受け入れているのはなぜだ。

えぇ～い、考えるな。俺の目的はただひとつ、食堂フリーパス!!　あれを使って、朝も昼も夜も、思う存分お腹いっぱい食べることなんだ。それなのに……ここへ来てから、まだ『ケロリーメイト』しか食べていないなんて……。

早く来い来い昼休みー!!


「よっしゃあああ！」

チャイムとともにざわめく教室。立ち上がり、思い思いに散ってゆく学生たち。待ってました昼休み！

「なぁ、食堂どこ？　場所わかんないから案内してほしいんだけど」

って、こいつに聞いてどうするんだよ。

興奮しすぎていた俺は、うっかり隣にいたマックスに話しかけていた。ところが、俺の目の前で繰り広げられる、ここでの日常。

「わりい、オレちょっと用事があって……あっ、天音、晶を食堂に案内してやってくれよ」

「うん、いいけど。マックスはお昼どうするの？」

「オレちょっとマミィの所に行かなきゃいけねーんだ」

「そっか、了解。ねぇ、結衣はどうする？　一緒に食堂行く？」

「うん！　行く行くー！　あれ？　マックスくんは一緒に行かないんだ」

行かないだろ。フツー行かないだろ。何の用があるんだよ。まさかご飯を食べるのか!?　ロボットが!?

　しかし、ここでは俺がこれまで培《つちか》ってきた常識など通用しない。

　そう思って、俺はそんな突っ込みを心の中にぐっと閉じこめつつ、ついに待ち焦がれた食堂に足を踏み入れたのだった。

「……すす、すごいね、いっぱい食べるんだね」

　稲羽が丸い目をくりくりさせながら感心したようにつぶやく。

　これまで経験したことのない空腹状態におかれていた俺は、とにかく食べた。想像していたより十倍は豪華《ごうか》な食堂に心躍らせながら、ひたすら食べまくった。それでも俺の胃袋はまだまだ満足しない。

「あ、食べきれないなら、それ、俺食べよっか？」

　稲羽と天音が食べている途中の皿を指《ゆび》さすと、天音は呆《あき》れたようにため息をこぼしながら、自分の前にあった皿を俺に差し出す。

「どうぞ、お好きなだけ」

　すると稲羽も慌《あわ》てて食べかけの皿を差し出した。

「わ、わたしのも……た、た、食べていいよ」

「いいのか？　サンキュ。それにしても二人とも少食だな」

俺がそう言うと、天音がバンと机を叩《たた》いてから口を開く。

「葛木くん、女の子はそんなに食べられません！　ねっ、結衣」

「はわ、ううう……」

ふ～ん、女の子ってそういうもんなのか。こんなに美味《おい》しいものをあれっぽっちしか食べられないなんて……なんだかもったいないな。

そんなことを考えながら、俺の胃袋は久しぶりに満たされ、この上なく幸せな瞬間を迎えていた。しかし、あっという間に、その瞬間は過ぎ去った。

「あぁー！　天音みっけ！　こんなところにいたのかあ。探《さが》しちゃったじゃないか」

ふわふわと宇宙まで飛んでいきそうな軽いノリのバカ会長の登場で、俺のテンションは急降下。そしてなぜか、俺の隣で俺より沈んでいく天音と、どこまでもハイテンションな会長。

もしかして天音と会長って仲悪いのか⁉　八重野先輩は二つの組織が協力してなんて言ってたけど、本当は生徒会と繚蘭会は対立しあっているとか？　だとしたら俺は八重野先輩を敵に回すことになるじゃないか。それはダメだ、絶対にダメだ。あの人は敵に回しちゃいけない。なんでかわかんないけど、絶対いけない気がする。

そのときだった。俺の耳に信じがたい言葉が飛び込んできた。

「もう、お兄ちゃん、こんなところまで何しに来たのよ！」

「ええっー!?　お、お兄ちゃん!?」

俺は思わず叫んでいた。

「うん、お兄ちゃん」

答えたのは稲羽だった。

「誰《だれ》が、誰の、お兄ちゃん!?」

「生徒会長さんが、天音ちゃんの、お兄ちゃん。だって名字一緒でしょ？『皇《すめらぎ》』ってカッコイーよね」

ニコニコと楽しそうに説明する稲羽。俺は懸命に記憶の糸をたぐり寄せる。

一緒だったっけ、名字……。

会長のキャラが強烈すぎて、名字どころか会長の名前までもが、俺の記憶から完全に抜け落ちていた。

それにしても、まさか、あのバカ会長が天音の兄だったとは……。こんな兄を持っていながら、天音はなんと立派な子に育ったんだろう。

ところが、驚きの事実はこれだけではなかったのだ。

その日の放課後、鳳繚蘭学園臨時審議会なるものに呼び出された俺は、学園内にある大会議室にいた。生徒会や繚蘭会のメンバーのほかに、理事長や学園長までもが出席している会に突然呼び出され、突きつけられた事実は、俺が転入してくるってことを学園側が誰も把握していないということだった。

俺をこの学園に転入させたのは、あのバカ会長。でも、入学の際に作成する俺の個人データやなんかは、俺がこの学園に来た日に会長が起こした花火事件ですべて消失してしまったらしい。

そこで問題になったのが、学園側にとってはどこの馬の骨ともわからない身元不明の俺を、このまま学園に在学させておいていいのかということだった。

結局、そもそも会長が引き起こしたトラブルだということで、生徒会が責任を持って俺を調査して、データを作成するということで、八重野先輩が理事長を説得してくれたけど……。

ただ、そのデータ書類を学園側が審査して、もしその審査に通らなければ即刻退学という、俺は実に危うい立場に立たされることになってしまったのだった。

「どうだった?」

会議室を出ると、稲羽が心配そうに駆《か》け寄《よ》ってきた。その隣にはマックスもいる。二人とも俺を心配して、会議室の外でずっと待っていてくれたらしい。

「あの様子だと、学園サイドは納得できてないわね」

難しい表情でそう答えたのは天音だった。すると、マックスがオレに飛びつく。

「でも、とりあえずは大丈夫なんだろう？　親友がいなくなっちまうなんてオレいやだよっ！」

だからっ、誰が親友だ！

「とりあえずねっ。学生証もホンモノだし……」

「偽造《ぎぞう》は不可能。絶対。ワタシ、そこは保証する」

天音の横で、九条がキッパリと言い切る。

「いまのところ葛木さんがここにいてもいいって感じでしたよ。だから安心してください、マックスさん」

水無瀬が微笑みながらそう言うと、マックスはやっとオレから離れた。

「そうか。よかったな～晶。じゃっ、オレ、ちょっとダディに用事があるからさ。晶は先に帰っててくれよ！」

そう言うと、マックスは俺たちから離れて、生徒会メンバーが集まっている方へと移動した。

「ダディって……誰？」

「ぐみちゃんのことだよ。くるりちゃんとぐみちゃんがマックスくんを作ったから、くるりちゃんがマミィで、ぐみちゃんがダディなんだって。なんか、家族みたいでいいよね～」

　稲羽がニコニコと楽しそうに答えると、ほんのちょっとだけ九条が誇《ほこ》らしげに微笑んだような気がした。

　う～ん、九条がマックスの製作者ってのはわかるけど、あの会長と同じテンションで渡り合えるぐみちゃんも製作に携《たずさ》わっていたとは……。でも、そうだよな、ここって、優秀な学生ばかりが集まる有名校なんだよな。俺、大丈夫かな……もしかして本当に退学なんてことになったら……。

　そのとき、俺の不安を煽《あお》るように、会議室から理事長が出てきた。さっき会議室で見たときも驚いたけど、こうして近くで見るとさらに驚く。

　何がって、とにかく若い。理事長なんて言うと、ヒゲのおじいちゃんとかが出てきそうだけど、ここの理事長はどっからどう見てもお嬢さんって感じ。しかも美人だったりする。

　その理事長が真《ま》っ直《す》ぐにこっちへ向かって歩いてきた。俺は緊張で体を強《こわ》ばらせる。

ところが、理事長が声をかけたのは俺ではなかった。

「くるりちゃん、研究の方はどう？」

「大丈夫！　大丈夫だよ。あの、また新しい論文も考えたから、来てほしいな」

「ええ、ぜひ。お勉強、頑張ってね」

「はい！　頑張る！」

びっくりだ。九条が瞳を輝かせながら、ニコニコと笑ってる。

でも、俺に見られていることに気づくと、九条はすぐにいつもの冷ややかな視線で俺を見る。

う～ん、やっぱり俺は嫌われているのかもしれない。

「天音、ちょっといいかしら、このあいだのお話なんだけど……」

「あっ！　ご、ごめん。みんな先に帰ってて」

それから理事長は天音を連れて、どこかへ行ってしまった。

天音の妙に慌てた様子が気になったが、稲羽が言った一言で、俺はすべての思考がぶっ飛んでしまった。

「理事長先生は天音ちゃんのお母さんなんだよ」

「えええええー!!」

天音の兄が、あのバカ会長ってだけでも十分衝撃的だったのに、まさか天音の母親が理事長とはっ！　ん？　まさか、ってことは、あのバカ会長が理事長の息子っ！　間違ってる！　絶対に間違ってる！

「しょーくん！　何してるのかなあ～」

「うわっ！」

頭をぶんぶんと横にふりながら、現実を受け止めきれずにいる俺の目の前に、突如現れたのは、俺をこんな混乱に陥《おとしい》れている張本人の会長だった。

「なっ、なんですか！」

「なにって、ほらっ、さっき会議で言ってた書類のこと。作成するから生徒会室まで来てほしいみたいだよ」

言いながら会長が視線を向けた先には八重野先輩がいた。

そうだった。すっかり忘れてた。俺は今、退学かどうかの瀬戸際に立たされていたんだった。

それで俺は、稲羽たちと別れると、会長や八重野先輩と一緒に生徒会室へと向かったのだった。

「え？　これ全部？」

「必要最小限には絞《しぼ》ってある」

有無を言わせない迫力で八重野先輩が俺の目の前に置いた書類は、ノート一冊ぶんくらいの量があった。

「少し面倒だけど、審議会にきちんとした書類を出すためなの。よろしく頼みます」

お嬢様オーラ全開の茉百合さんにこう言われて、「イヤです」なんて断れるやつなんているんだろうか。

完全に二人の空気に飲み込まれてしまった俺は、すぐに作業に取りかかる。

書類作成とはいってもマルバツで答える形式の質問がほとんどで、健康診断みたいな項目から心理テストのような質問まで内容は様々だったけど、作業自体は単純だった。

黙々と書類に書き込んでいく俺。自分の机に戻り、書類に目を通したりして実務をこなしている八重野先輩や茉百合さん。ハイテンションぐみちゃんも、パソコンに向かい別人のように手早く作業に没頭《ぼっとう》している。生徒会室は実に静かだった。

ただ一人を除《のぞ》いては……。

「おっ！　やった！　アイテムゲット」

会長は座り心地の良さそうなソファに座って、必死に携帯《けいたい》ゲームを握っている。

まったくこの人は……。

俺が呆れた視線を送っているのに気づいているのか、いないのか、会長は携帯ゲームを置くと、今度は指のささくれをチェックし始めた。

「うーん、あと少しかな……あと少しでキレイにむけ……んがっ⁉　ぎゃあああ！」

突然の絶叫に、ぐみちゃんが慌てて会長に駆け寄る。

「わぁああ！　会長のお手が！　大事なお手がぁああ！」

確かに、会長の指先は血に染まっていた。ほんのちょっぴり、よ〜く見ないとわからない、申し訳程度に、赤くなっていた。

「大げさすぎるだろ」

思わず突っ込んでしまった俺を、会長はギッと睨みつけると、子供みたいに手をばたつかせながら叫ぶ。

「デリケートなんだ！　俺はデリケートなんだよおお、特に指先がああ！」

「はいはい」

適当にあしらいながら、八重野先輩と茉百合さんの方を見ると、二人も呆れ顔でため息をついていた。

「わわわ、ぐ、ぐみに出来ることはないですか？　会長のために、ぐみに出来ることは

──！」

　ぐみちゃんだけがおろおろと本気で心配している。

「しょーくん、保健室にある絆創膏《ばんそうこう》とってきて」

「はい⁉」

「あれが一番早く治るんだ。キズナオ～ル。早くとってきて」

「……なんで俺が」

「だって俺、ケガ人だしぃ～。あぐあぐ……痛い……痛いなぁ……」

　相手にしようともしない俺にアピールするように、会長はささくれのむけた指先を胸の前でギュッと抱え込むようにすると、大げさに痛がってみせた。

「わかりましたよ。行けばいいんだろ」

　まだ自分の教室の場所さえもよくわかってないし、バカ会長のパシリなんて屈辱《くつじょく》以外のなにものでもないけど、断ったらもっとめんどくさいことになりそうだ。

「で、保健室の場所は？」

「ふ～ん、隣の校舎の廊下を真っ直ぐいったら、突き当たりの右側だけどさあ……」

　言いながら、なぜか残念そうな顔をしている会長に、やっぱり断ったらもっとめんどくさいことになっていただろうと確信する。

「んじゃ、行ってきます」

そして俺はこれ以上めんどくさいことに巻き込まれないように、さっさと生徒会室を後にしたのだった。


「失礼しまーっす、って、あれ？」

保健室は静まりかえっていた。薬品やらが並んでいる棚の隣には、キレイに片づいた机があったけど、先生の姿はどこにもない。ただ、窓が開いているのか、部屋を遮《さえぎ》るようにかけられているカーテンだけがわずかに揺れていた。

たぶん、あのカーテンの向こうはベッドだよな。

「すいませーん、誰かいませんか？」

誰かが寝ていたりしたら悪いなと思って、俺は一応カーテン越しに声をかけてみた。別に悪いことをしているわけではないけど、なんとなくこういうときって、小声になってしまう。

「誰もいないんですか？」

もう一度、返事がないことを確認するようにそう言うと、俺はそっとカーテンの中を覗《のぞ》いた。すると、女の子がひとり、ベッドの上にちょこんと座っているのが見えた。茉百合さんと同じ紺地の制服を着ている女の子は、肩をおおうストレートヘアが窓から差し込む光に反射して新緑《しんりょく》のようにキラキラと輝き、少し幼い感じがした。

「あ、え、えっと」

驚いておたおたしている俺を、女の子はただジッと見ている。

「絆創膏……えっと、絆創膏ってどこにあるかわかる？」

女の子はなにも答えないどころか、表情ひとつ変えない。

「あのー、もしもし？　起きてる……よね？」

次の瞬間、女の子の驚いたような声が保健室に響き渡った。

「はうわうわわわっ!?」

「だ、大丈夫？」

女の子はベッドとベッドの間にスッポリとはまっていた。

パンツだ。

真っ白いパンツが俺の視界を支配する。それは見事にふんわりとしたなだらかな曲線を描いていた。

いやいやいや、そうじゃなくて……女の子がこんな状態ではいかんだろう。

「あっ、ご、ごめん。いま助けるから」

俺は女の子の両腕を掴むと、隙間《すきま》から引っ張り上げた。

「怪我《けが》してない？」

女の子はこくこくこくと無言のまま頷く。

「そっか、よかった。あの、えっと、絆創膏あるとこってわかるかな？」

「ば、ばばんそ、こ？　あの、えっと……」

「ええっと、キズナオ〜ルとか、なんとか、ふざけた名前のなんだけど」

すると女の子はぱたぱたと駆け出し、棚の一角を指さした。

たぶん、そこにあるっていう意味なんだろうと理解した俺は、棚から救急箱らしきものを取り出し、蓋《ふた》を開けた。そして消毒液やコットンなんかが乱雑に入っている中に、目的のモノをみつけた。

「あったあった、よし。ありがと、見つかった」

絆創膏を手に振り返ると、女の子はきょとんとした表情で俺を見ていた。

「あっ、えっと、それじゃ、休んでいたとこ邪魔してごめんな」

「あ……は、はぃ……」

女の子は相変わらずきょとんとしたままだった。

なんか、変わった子だな……。極度の恥ずかしがり屋とか？　異常なあがり症とか？

それとも尋常じゃない人見知りか？

そんなことを考えながら、俺は生徒会室へと急いだ。

あの会長のことだ。とっとと戻らないと、文句たらたら言われそうだもんな。


「あっ、おかえり、しょーくん」

生徒会室に戻ると、俺を出迎えてくれたのはヒマそうに足をぶらぶらさせながらソファに座っている会長だけだった。

「あれ？　みんなどこ行っちゃったんですか？」

「なんか資料がどうこうって出ていっちゃった♪」

「そうですか。んじゃ、はいこれ」

「よし、ちゃんと『キズナオ～ル』だな。もーこれがないとダメなんだよねぇ」

秋の柔らかい日差しに包まれながら、俺から渡された絆創膏をふんふんと鼻歌を歌いながら指先にまいていく会長。

平和だ。この人の周りだけやけに平和だ。絶対、悩みごととかないんだろうな。明日にでも追い出されるかもしれないとかいう、俺の深刻な状況なんて、この人にとってはどうでもいいことで……。

そこまで考えて、俺はハッと気づいた。

違うだろ、そうじゃない。この学園に俺を呼んだのは、この人だった。そうだ、そうじゃないか、すべてはこの人のせいじゃないか。

そこで俺はやり場のない怒りを抑えながら、思い切って聞いてみた。

「あのさ、すっごい最初に聞いておくべきだったと思うんだけど……結局、なんで俺をこの学校に呼んだんです？」

すると会長は間髪容《かんはつい》れずに答えたのだった。

「知らん！　俺呼んでないもん」

今、この人なんて言った？

予想を遙《はる》かに超えた回答に聞き間違いかと思い、俺はもう一度聞いてみた。

「あの、なんて？」

「だから、俺が呼んだんじゃないから、知らない」

「はあ!?　でも審議会では自分が呼んだって……」

「まあまあ。生徒会のおかげで退学にならずに済んだんだし、万事良《ばんじよ》し！　それにしても……いやーまさに、謎の転校生ってやつだね、君！　かっこいいね！」

言いながら立ち上がった会長は、明るく俺の肩をポンポンと叩く。

ちょっと待て。じゃあ……じゃあ、俺はなんでここにいるんだ!? 一体なんでなんだ!?

第3章

誕生日:8月30日
血液型:O型
身長:156cm
体重:45kg

SAKURAKO
MINASE

朝、マックスと一緒に教室にはいると、クラスメイトに取り囲まれた。最初は別に驚かなかった。なんせ俺は転校二日目の新参者《しんざんもの》。興味を持ったクラスメイトたちが集まってきたって、別に不思議なことではない。

「どうして転入してきたの？」とか「前はどこの学校に行ってたの？」なんて質問が飛《と》び交《か》い、転入生バブルとでも言うべき、ごくわずかの期間ではあるが人気者気分を味わえると思っていた俺だったが、どうやら様子がおかしい。

「ねえねえ、葛木《かつらぎ》くん、君、すごいらしいね」

「もしかして特殊な能力とか持ってたりするの？」

「目的は？　やっぱり極秘任務《ごくひにんむ》を遂行《すいこう》するためとか？」

なんなんだ？

意味がさっぱり理解できない。ただ、明らかに転入生に向けられる質問内容ではないことだけはわかった。

そこへ稲羽《いなば》が、俺を取り囲むクラスメイトを掻《か》き分《わ》けるようにして飛び込んでくる。

「葛木くんすごーい!!　どうして言ってくれなかったの？　あっ、やっぱり一般の学生には秘密なの？」

「ちょ、ななな、なにが？」

稲羽は興奮した様子で瞳《ひとみ》を輝かせる。

「だって、葛木くんって生徒会長が呼んだ『謎《なぞ》の転校生！　生徒会の最終兵器‼』なんでしょ？　すごーい！　かっこいいー！」

はあああ⁉

口をあんぐりと開け絶句《ぜっく》する俺の隣《となり》で、マックスのメタリックな腕がギュインギュインと激しい機械音を響《ひび》かせる。

「最終兵器⁉　なんか超かっこいいな。その機能見せろよー！　俺に隠すことないだろ！」

この激しい機械音は、人間でいったら『鼻息が荒くなる』みたいな感じなのか⁉

実際のところよくわからないが、マックスも稲羽と同様、相当興奮しているらしい。

そして二人は状況が飲み込めていない俺を取り残し、盛り上がる。

「ねー！　なんだかすごいよね。最終ってことは超強いってことなのかな？」

「あったりまえだろ？　最終ってことはおそらく秘密兵器だからな！　すごくねーワケねーよ！　なんだよ羨《うらや》ましいぜ、超かっこいいじゃんか」

楽しそうに話を弾《はず》ませているマックスと稲羽を見ながら、俺はピンときた。

あいつだ。こんなタチの悪い噂《うわさ》を流すヤツなんか、あいつしかいない。誰《だれ》がこの学園に俺を呼んだのか、なぜ俺がここにいるのか、俺だけじゃなく学園側の誰もがわからない。そんな混乱すべき状況を、こんな形で楽しもうとするやつなんてあいつしかないじゃないか。

「アイツね。またアイツが妙な噂流したのね」

振り返ると、そこに天音《あまね》が立っていた。

「……生徒会長。こんなことするのはアイツしかいないわ」

う～ん、本当に兄妹なんだな。兄の悪行《あくぎょう》はすべてお見通しってわけか……。

「……さすが妹」

俺がつぶやいた瞬間、空を舞った天音の細い足が、俺の脳天に振り落とされる。

「……うがっ！　か、か、踵落《かかとお》とし!?」

「私、ちょっと行ってくる」

素早く身を翻《ひるがえ》し教室を出ていく天音の後ろ姿を見つめながら、俺はまだじんじんとする頭の痛みも忘れて、思わず同情してしまう。

なんだかちょっとかわいそうになるな、あの兄の妹ってのは。この世のすべての揉《も》め事《ごと》を片づけなきゃいけない……そんな毎日が天音の日常なんだ。しんどそー……。

天音の踵落としの迫力に圧倒されたのか、気づけばクラスメイトはちりぢりに去っていき、教室の入口には俺とマックスと稲羽だけが残されていた。そんな俺たちの目の前を、ひとりの女の子が通り過ぎる。

　昨日、保健室にいた女の子だ。

「昨日は助かったよ。ありがとう」

　俺が話しかけると、こくこくと小刻みに頷《うなず》く女の子。

「同じクラスだったんだ。よろしくな」

　今度はちょっと嬉《うれ》しそうにこくこくこくすると、女の子は教室の一番後ろの空《あ》いている席に座った。

「知り合いか？」

　マックスの質問に、俺は首を傾《かし》げる。

「ん？　知り合いって、マックスは知らないのか？　同じクラスだろ？」

「んー？　見たことないぞ。確かあそこの席は長いこと病欠しているなんとかってやつの席だったはずだぞ」

「なんとかって……」

　クラスメイトの名前を覚えていないマックスに、俺はちょっとだけ蔑《さげす》みの視線を送る。

　するとマックスはムキになって声を荒立てた。

「長いことといなかったから忘れたんだよ！」

「ロボットが忘れたって……それでいいのか？」

「そんなのいーんだよ！　それだけ人間に近い優秀な機能ってことなんだよ！」

うーん、言われてみれば、そうかも……。

人間の脳っていうのは、楽しいことよりも、辛《つら》かった記憶の方が忘れやすいように出来てるって聞いたことがある。それは、人間の防衛本能みたいなもんで、そういう機能があるから、いつまでも辛い記憶に苦しめられたりしないらしい。

確かに、そのときはどんなに辛くても、後で思い返せば楽しい思い出ばかりってこと、よくあるもんな……。だから『忘れる』っていう人間の能力っていうのは、けっこう重要で、そんな機能をロボットに搭載《とうさい》しようと思ったら、かなり高度な技術が必要なはず……。そう思うとマックスの理屈にも納得だけど……。

でも、あの女の子の名前がマックスにとって辛い記憶とは思えないし……。やっぱり、ただ単に最初から記憶できなかっただけじゃないのか？

俺がそんな疑いの眼差《まなざ》しをマックスに向けていると、ずっと話を聞いていた稲羽が何かに気づいた様子で口を開いた。

「じゃあ、あの子がその席に座ってるってことは、病気が治ったってことだよね！　うわーなんかお祝いしなきゃ。なにしよ、なにしよっ！　ドーナツがいいかな、あの子ドーナツ好きかなっ！　って、わわわ、チャイム鳴っちゃった！」

ガタガタと椅子《いす》を鳴らして、席に着くクラスメイトたち。

「晶《しょう》！　早く席着けよ」

マックスに促《うなが》され、俺は他のクラスメイトに混じり自分の席へ向かう。廊下の向こうに、ダッシュでこっちへ向かってくる天音が見えた。

生徒会の最終兵器……。

クラスのみんなは、そんなこともう忘れてるみたいだった。

そうだ、人間の記憶なんて、いい加減なものなんだ。俺も早く忘れよう。


稲羽の様子がおかしいのに気づいたのは、一時限目が終わったときだった。

休み時間になっても、机に突《つ》っ伏《ぷ》したまま顔を上《あ》げようともしない。

具合が悪いのかと思って、保健室に行くように言ったけど、稲羽は大丈夫というばかりで、結局、そのまま昼休みになってしまった。

「結衣《ゆい》、具合悪いみたい。でも、私、繚蘭会《りょうらんかい》の用事がちょっとあって、いかなきゃならないんだ。結衣のこと、ちょっとお願いしてもいいかな」

「俺も気になってたんだ。大丈夫、まかせといて」

この世のすべての揉め事を片づけなきゃいけない天音の負担《ふたん》を少しでも軽くしてやろうと、俺は力強く頷いた。それから、まだ机に突っ伏している稲羽の席にいくと、つんつんと肩をつついてみる。

「稲羽？　おーい！　昼休みだけど……」

「昼休み⁉」

ガバッと勢いよく顔を上げた稲羽は、元気はなさそうだったけど、思ったより顔色も良くて、ちょっと安心した。

「大丈夫か？　保健室行く？」

「え……あっ、ううん、大丈夫。体調が悪いとか、そういうんじゃないから……あの……えっと……だから」

困ったようにうつむいてしまった稲羽を安心させるように、俺は稲羽の髪をくしゃっとなでた。

「言いにくいことだったら、ムリに言わなくていいよ。でも、今日の稲羽、ちょっと元気ないなって思ったからさ」

言いながら、俺は空腹の波が確実に押し寄せてきているのを感じていた。

「ねえ、俺、食堂行くけど、一緒に行く?」

天音に頼まれた手前、稲羽を放《ほ》ったらかして食堂に行くわけにもいかないからな。

「食堂っ!?」

稲羽の顔がパッと輝く。

「もしかしてお腹空《なかす》いてた?」

顔を真っ赤にしながら、ぶんぶんと首を横に振る稲羽。

そうだよな、食欲なんかないよな。食堂なんか誘って悪かったかな。でも、このままじゃ俺の方が具合悪くなっちゃいそうだし。

食堂はすでにたくさんの学生たちでにぎわっていて、俺たちは端っこの方にかろうじて空いている席を確保した。

「食欲ないかもしれないけど、ちょっとでもいいから食べた方がいいよ。食べないと元気なんかでないぞ」

今日、俺が選んだのは生姜焼《しょうがや》き定食とゴルゴンゾーラのフィットチーネ。

このラインナップからも容易《ようい》に想像できるだろうけど、ここのメニューの充実ぶりは半端《はんぱ》じゃない。とにかくなんでもあって目移りしてしまう。

今、この瞬間、俺は本当にここに来て良かったと感じていた。

あまりに幸せすぎて舞い上がった俺は、足りなかったらイヤだなと思い、念のためロコモコも追加して、デザートにはチーズケーキとガトーショコラをチョイス。稲羽もいるから一緒にシェアできるかなと思って、フライドポテトやシーザーサラダなんかのサイドディッシュも注文してみた。

「ちょっと頼みすぎたかな……」

稲羽の前にはキノコのクリームパスタとドーナツがちょこんと置かれている。

「う、ううん……。あ、あの……実はね……」

稲羽はうつむいたまま顔を上げようとしない。

「どうしたの？　やっぱり具合悪い？」

「ち、違うの！　そうじゃないの！　あのね本当はね……」

両手を小さく振りながら顔を上げた稲羽は、恥ずかしそうに頰《ほお》を赤らめると、つぶやくように続ける。

「あ、あの……昨日、夜ご飯食べ損《そこ》ねて……朝ご飯もそんなに食べれなくて……おなか、すいちゃって……それで……」

稲羽の話にうんうんと頷きながら、俺は「いただきます」と言うとご飯を頰張《ほおば》った。

そして、あの辛さを思い出す。

体の底から何かが奪われていくような絶望感。全身から力が抜けていき、何かをしようなんて気にはとうていなれない。思考力も落ちてきて、体の全《すべ》ての機能が停止してしまいそうな危機的状況。

「辛い、確かに、それは辛い。空腹……あの辛さだけは耐《た》えられないよな……って、なんだ、もしかして、それで元気なかったの？　だったら、早く食べようよ。食べれば解決じゃん」

稲羽が病気とかじゃなくて安心した俺は、さらに食欲を増し、次から次へと料理を頬張る。そんな俺を稲羽はきょとんと不思議そうな顔で見ていた。

「えっと……俺、何か変なこと言った？」

「……おかしくない、かな……」

「何が？」

稲羽は困ったように眉根《まゆね》をよせ、俺を見上げる。

「だ、だって……女の子がこんな理由……おかしいよね……」

今度は俺がきょとんとする番だった。

「なんで？　腹が減るのは生きてるなら当然のことだろ。男も女も関係ないし、三大欲求の名は伊達《だて》じゃないぞ」

けれど稲羽は肩を落として小さく首を横に振ると、俺の言葉を否定した。

「そうじゃなくて……わたしの場合、みんなと違くて……おなか空くのが普通じゃないというか……よ、欲求が強すぎるというか……食べ物が大好きというか……」

「別に俺だって大好きだけど……ご飯はいつも死ぬほど食べるし」

「だって葛木くんは男の子だから！」

稲羽のうるんだ瞳は真剣だった。

「前の学校で、友達と遊びに行ったとき、お昼にお店に入って……。いつもと同じように食べてただけだったんだけど、そうしたら近くにいた人に、男の子に間違われて……『彼氏さん、凄《すご》い食べっぷりですねぇ』って。それでみんなに笑われて……ついたあだ名が『ハラペコ王子』」

言いながら自嘲《じちょう》するように笑う稲羽は、見ていてなんだか痛々しかった。

「それが、次の日には学校中に知れ渡ってて……。だから、ここに来たとき決心したの。もうハラペコ王子は卒業しよう、食べる量は普通の女の子ぐらいにしようって……でもそれだと、すごく……おなか、空いちゃうんだよね……」

明るくふるまっている陰《かげ》で、稲羽がこんな風にずっと悩んでいたんだと思うと、居たたまれなかった。

「でも、さすがに今は男と間違われたりしないだろ？　だって稲羽、どう見ても女の子にしか見えないし、かわいいし」

　すると、稲羽の頬がポンッと赤く染まった。

「か、かわいい？」

　俺だけじゃなく、たぶん学園の誰もが思ってることだろう当たり前のことを言っただけだったのに、どうやら稲羽はまったく自覚していないようだった。

「そ、そんなことないよ。わたしなんか……ほ、ほら、かわいいっていうのは、天音ちゃんとか、桜子《さくらこ》ちゃんとか、茉百合《まゆり》さんとか、他にも……」

　う～ん、確かに、改めて考えてみると、この学園は相当ハイレベルではある。そのハイレベルのなかに、確実に稲羽も入ってるんだけどな……。

　そう思った俺は、素直にそれを口にした。

「稲羽も同じくらいかわいいよ」

「そ、そう……かな……ありがと」

　照れたように視線を逸《そ》らしうつむいた稲羽は、さっきの自嘲的《じちょうてき》な笑みとは違って、優しい笑みを浮かべていた。

「じゃあさ、こうしようよ。『ハラペコ王子』は卒業して、今日から稲羽は『ハラペコ

「ええー！　どっちにしろ『ハラペコ』なんですけどっ！」

嫌そうな顔をしながらも、声を上げて笑う稲羽は、天音やマックスたちと楽しそうにはしゃいでるときの稲羽と同じだった。

「でもさ、食べてるときって、すごく幸せだな~って思うでしょ？　だからさ、普通の女の子よりいっぱい食べられるってことは、他の子よりもいっぱい幸せってことなんだよ」

仲間をみつけたみたいで、嬉しい気持ちになっていた俺は、稲羽を元気づけるように続けた。

「しかも、お姫様だ！　『ハラペコ姫』は誰よりも幸せなお姫様……って、どうかな？　だから、好きなだけおなかいっぱい食べようよ」

「……うん。そんな風に言ってくれると、嬉しいかも」

「よっし、じゃあ、これ食べちゃおう！」

「うんっ！」

稲羽は大きく頷くと、目の前にあったパスタを口の中へ運ぶ。それから俺を見ると、ニッコリと笑った。

「おいしい」

美味《おい》しそうに食べる稲羽の顔を見ていると、なんだかこっちまで嬉しくなってくる。

こうやって、美味しくご飯を食べる女の子っていいよな……。

そんなことを考えながら、稲羽の顔を眺《なが》めていて、俺はふと気になった。もしかして、稲羽は本当に俺の仲間なんじゃないかって……。

「あのさ、それだけ食べるのが好きってことは、稲羽が転校してきた理由ってもしかして……」

すると稲羽は食べていたパスタを詰まらせ、咳《せ》き込《こ》んだ。

「……こほっ、こほっ、あっ、あのねっ、笑わない？」

俺は力強く頷いた。すると稲羽は観念したように大きく深呼吸をしてから言った。

「ここのご飯、食べ放題じゃない……」

察《さっ》して欲しそうな目で訴《うった》える稲羽。俺はまたまた力強く頷いた。

「好きなだけ食べられるから！」

ふたり同時に言って、思わず吹きだす俺と稲羽。

「すっごくバカっぽい理由でしょ。こんな理由、絶対変だよね。他の人に言ったら呆《あき》れられちゃうよ。葛木くんだから告白したんだよ。でも葛木くんは、やっぱもっとしっかりした理由があるよね。ほんと、わたしくらいだろうな。こんなご飯を理由にして学校決めるの」

「うっ……あ、あっ……えっと……その……」

俺が口をもごもごさせながら困っていると、稲羽はびっくりしたように目をくりくりさせる。

「もしかして……葛木くんも？」

きっと稲羽だって、男に間違われたとか、みんなに笑われたとか、勇気を出して俺に打ち明けてくれたんだ。そんな稲羽に嘘《うそ》なんてつけない。

「は、はい……」

観念した俺は力なく頷く。

「わあーわあーすごい！　偶然っ！　っていうより奇跡だよ！　わたしと葛木くんがこうして出会えたのはっ！」

両手で口元を押さえて喜ぶ稲羽。

食堂のフリーパスに目がくらんで転校してきたなんて誰にも知られたくなかった。ましてや、俺は退学になるかどうかの危うい立場だ。こんなこと知られたら、審議会とかそんなもの以前の問題で、即刻退学になってしまうんじゃ!?　なんて不安にもなる。

でも、目の前で本当に嬉しそうに喜んでいる稲羽を見ていると、素直に言って良かったと思う。

そして、なにより、今まで以上に退学になりたくないと思った。

食堂が食べ放題ってことだけじゃなくって、俺はこの学園での生活が楽しいと思い始めていた。


ここへ来て初めての休日を迎えた俺は、島内を散歩しながら一軒のケーキ屋さんを探していた。昨日の夜、天音からそこへ来て欲しいと、店の名前と地図が書かれたメモを渡されたのだ。

せっかくだからと思って、ちょっと早めに寮を出て島のあちこちを散策《さんさく》してみると、病院やスーパーマーケットみたいに生活に必要なお店から、レストランや書店、花屋さんなんかもあって、とにかく何でも揃っていた。でも、なによりも俺が驚いたのは、広大な海や緑で彩られた島のきれいな景色だった。

青と緑のコントラストに、夏の終わりのすがすがしい風、リゾート気分を満喫《まんきつ》した俺は天音のメモに書かれている『limelight《ライムライト》』というケーキ屋さんへと向かう。

「……ここ……だよな」

レンガ造りのこぢんまりとした店は落ち着いた感じだったけど、通りに面した窓にはレースのカーテンがかかっていたり、店先には色とりどりの花が植えられた花壇《かだん》があったりと、男ひとりではちょっと入りにくい可愛《かわい》らしいお店。

ためらいながらも、『OPEN』の看板がかかったドアのガラス窓からちらりと見えるケーキが並んだショーケースに目を奪われた俺は、そのドアをゆっくりと開ける。

その瞬間、店内に鳴り響いたパーンッという破裂音。

また爆発!?

この島に来た日の悲劇が脳裏《のうり》をよぎった俺は、目をつぶって、両耳を塞《ふさ》ぎその場にしゃがみ込む。

「ようこそ!! 鳳《おおとり》繚《りよう》蘭《らん》学園へ!!」

へっ？　なんだ？

予想と反する展開に恐る恐る目を開けるとカラフルなリボンのようなものが見えた。

「な、なに……？」

よろよろと立ち上がり店内を見回すと、クラッカーを手にした稲羽や天音、水無瀬《みなせ》にマックス、そして九条《くじよう》や茉百合さんまでが俺を囲むようにして立っている。

どうやら、あの破裂音はクラッカーの音だったらしい。

「葛木くんの歓迎会です！」

水無瀬が言うと、稲羽と天音がパチパチと拍手をする。

「桜子が歓迎会をしようって言って聞かないから、こうしてみんなで集まったの。歓迎会って言っても、ケーキを食べながらみんなでお話するだけなんだけどね。だから、せめてサプライズにしようって」

そう言う天音はニコニコと笑っていたけど、その隣にいる九条の突き刺さるような眼差しは、とても俺を歓迎しているとは思えなかった。でも、こうしてみんなが俺のために歓迎会を開いてくれるっていうのは、素直に嬉しい。

しかも、そのあと俺が案内されたテーブルには、定番のいちごのショートケーキから、ガトーショコラ、モンブラン、ミルフィーユ、シュークリーム、ブルーベリータルト、ティラミス、プリン……と、店にある全種類が並んでいるんじゃないかってくらい、たくさんのケーキが置かれていた。

「お、おおおおおお！」

「どうぞ、たくさん食べてくださいね」

水無瀬の言葉に俺は大きく頷くと、さっそく一番手前にあったガトーショコラから口に放り込む。

「おいしい！　すっごいおいしい!!」

言いながらみんなを見ると、物欲《ものほ》しそうにしている稲羽と目があった。

「あっ、えっと……稲羽も食べる？」

「あわわ……あっ……う、うん……」

頷く稲羽の脇《わき》を天音がこっそりつつく。すると稲羽は決心したように大きく息を吸い込んでから口を開いた。

「あのね、みんなと仲良くしていきたいし、秘密は嫌なの！　だから、みんな聞いてくれるかな」

突然のことに、そこにいた全員がしんと静まりかえった。稲羽は不安げな表情で、ちらりと天音の方を見る。すると天音は稲羽の不安を拭《ぬぐ》うように大きく頷いた。

「天音ちゃんに相談して、やっぱりちゃんと向き合おうって思ったの。わたし……わたしね！　すっごくご飯が好きなのお！」

俺はすぐに何の話かピンときた。たぶん、この前、食堂で話してたことだろう。でも、ほかは天音以外、みんなきょとんとしていた。

水無瀬の頭の上には『？』マークが飛び回り、マックスが壊れたように首を傾《かたむ》ける。

「結衣、それじゃみんなわからないわよ」

稲羽の肩にポンと手をのせながら、天音がため息混じりに言った。

「そっ、そっか。あの……あのね！　わたし、ほんとはいつもお腹空いてるの！　いっぱい食べると思われるのが恥ずかしくて……ずっと我慢してて……。でも、それだと、みんなと一緒にいても心から楽しいって思えなくて……だから、もう我慢しない！　お腹いっぱい食べることにする！」

「そうだったんですか！　我慢することなんてないのに……」

そう言った水無瀬はまだ『？』マークが回っているような顔をしていた。いっぱい食べることが恥ずかしいことだなんて、まったく思っていないらしい。

「ほらね。いっぱい食べるからなんて理由で、結衣のことを笑うような人はここにはいないわよ。だから大丈夫だって言ったでしょ」

天音がそう言うと、そこにいた全員が稲羽に向かって頷いて見せた。

「ご飯をいっぱい食べられるのって、健康的で素敵なことだと思いますよ」

そう言ったのは水無瀬。

「そうね。食事を我慢することの方がよっぽど不健康で、体にも精神的にもよくないことだわ」

水無瀬の言葉に頷きながらそう言ったのは茉百合さん。

「必要最低限の栄養はとらなきゃダメ」

九条の言葉はそっけなかったけど、その表情が俺を見るときよりも少しだけ優しい感じがして、稲羽のことを思っての言葉なんだろうっていうのだけは、なんとなく感じ取れた。

「人間にとって食べ物っていうのは、体のためだけじゃなくて、心のためにも大事なんだ。もう我慢なんか絶対すんなよなっ！」

と言ったのはマックス。

ロボが言うと若干《じゃっかん》説得力に欠ける気がするが……まぁ、ここは細かいことは気にしないことにして……。

俺も稲羽を元気づけるように、大きな声で言った。

「腹ペコで何が悪い！　よっし、食べよう！」

そして、俺は残りのガトーショコラをすべて口に放り込んだ。ほろ苦《にが》い甘さが口の中に広がると同時に、緊張気味だった稲羽の顔に笑《え》みが広がり、なんだかほんわかと温かい気持ちになる。

「みんなありがとう」

稲羽がペコリと頭を下げると、マックスが稲羽の前にケーキを差し出す。

「水くせーじゃねえか、お礼なんていいからさ。お腹空いてるんだろ？　ほらっ、結衣も晶みたいにいっぱい食べろよ」

「うんっ！　ありがたく頂戴《ちょうだい》いたしまするっ！」

そして稲羽はケーキをひとくち食べると、この上なく幸せそうな笑顔を浮かべた。そんな稲羽を見て、水無瀬がクスッと微笑《ほほえ》む。

「結衣さんって、ときどきお侍《さむらい》さんみたいになるのね」

「え？　あっ、嘘？　ほんとに？　あう……わたし、いつかちょんまげつけてみたいって思ってるんだ」

「ちょんまげ⁉」

そこにいた全員がいっせいにツッコんだ。

「あっ、えっと、それくらいお侍さんが大好きで……時代劇が好きで……」

言いながら、耳まで真《ま》っ赤《か》になる稲羽に、意外にも水無瀬が同意する。

「そうですね、お侍さんはかっこいいですよね」

「桜子ちゃんっ‼　ほんとにっ⁉」

飛びつきそうな勢いで水無瀬を見た稲羽の瞳は、キラキラと輝いていた。

「あっ、はい。かっこいいと思いますよ。私も時代劇とか見るので……」

「はああう!?　あ、『暴れん坊老中《ろうじゅう》』は!?　見てた!?」

「あ、はい、知ってますよ。私、田沼《たぬま》さんが好きなんです」

「えーっ!?　桜子ちゃん、田沼老中派!?　わたし、水野《みずの》老中派!!」

「結衣さん、正統派なんですね。確かに水野さんは『暴れん坊老中』の中核でいらっしゃるから」

やたらと盛り上がっている稲羽と水無瀬を俺は呆然《ぼうぜん》と見ていた。

女の子ってこういう会話で盛り上がるものなのか!?　いやっ、このふたりだけだよなあ。

見れば、天音は呆れたような顔をしているし、九条なんて二人に見向きもせずマックスにケーキを食べさせていた。

ただ、茉百合さんだけは優しく包み込むような眼差しで稲羽と水無瀬を見守っていたけど……。

……って、んんん?

そこで俺はおかしなことに気づいた。

「マックスもケーキ食べるのか?」

俺が聞くと、マックスは嚙《か》みつきそうな勢いで俺を振り返る。

「なんだよっ！　オレが食べちゃ悪いのかっ！」

「えっ、だって……おまえロボじゃん」

「ロボじゃねー!!　マックス！」

すると九条が少し誇らしげに口を開く。

「28号には食事をする機能もあるし、味覚もちゃんと備わっていて、食べたものを分析することも可能」

「へぇ〜、そんなことまで出来るのか……」

「ふっふっふ。精密に作られてる28号にとっては、あたりまえのことだけど」

感心する俺に向かって、九条は不敵《ふてき》な笑みを浮かべて見せた。その九条の隣で、マックスが調子づく。

「なめんなよー！　かっこいいのはこのピカピカのボディだけじゃないんだからなっ！」

吐き捨てるようにそう言うと、マックスは再びもぐもぐとケーキを食べ始める。

ケーキを食べるロボ……。

ダメだっ……完全に俺の許容範囲を超えた光景だ。

しかも、しばらくもぐもぐしていたかと思うと、今度は「ここのケーキはかなりハイレベルだ。この絶妙なバランス……この味を作れるやつは、そうそういねーな。ここのパティシエは一流に違いないねえ！　ちょっと話聞いてくるわ」と言って、席を離れたのだった。

ロボがいきなり入ってきたら、驚くよな……。俺だったら驚く。

そう思ってマックスを止めようとする俺を、九条の言葉が制止する。

「大丈夫、28号にはきちんと礼儀も仕込んであるから」

礼儀を仕込まれたロボ……。

すごいっ！　すごすぎるっ！　礼儀を仕込まれていない人間がごまんといるっていうのにっ！

そうやって、俺が密《ひそ》かに感激していると、厨房《ちゅうぼう》から慌てた様子のマックスが飛び出してきた。

「大変だよっ！　この店、閉店しちゃうらしいぜ」

「ええー!!　どうしてっ！」

最初に声を上げたのは稲羽だった。

「この店のケーキはじいさんがひとりで全部作ってるんだってさ。でも最近ちょっと体を悪くしちゃって……」

「じゃあ、もうここのケーキ食べられないの？　こんなに素敵なケーキなのに……」

稲羽はマックスの言葉を遮《さえぎ》るように言うと、自分の前にある食べかけのケーキをジッと見つめる。

確かに、マックスだけじゃなく、俺もここのケーキは相当ハイレベルなものだと思っていた。それが食べられなくなるというのは、残念でならない。それに……。

「まだ全種類食べてないのに……」

独り言のようにつぶやいた俺に、稲羽が激しく同意する。

「そうだよっ！　ここの店、すごい種類たくさんあって、一日で制覇するのはムリだから、絶対また来ようって思ってたのに……」

稲羽の言葉に大きく頷きながら、水無瀬がもどかしそうに言う。

「私も、またみんなで来たいと思っていたのに、残念です。でも、パティシエさんが病気なら、代《か》わりの人がいれば続けられるんですよね。ケーキ作りのお弟子さんとかはいらっしゃらなかったのかしら？」

黙って首を横に振るマックスを見ながら、天音がハッとしたように立ち上がる。

「そうよ、そうだわ。繚蘭会でなんとかお店を続けていきましょうよ。ねえ、くるり、マックスがいれば出来るんじゃない？」

「なんでマックス？」

九条が答える前に俺が聞くと、九条は横目で俺をちらりと見てから口を開いた。

「28号には、調べた食べ物を分析して完璧《かんぺき》に再現できる機能がある。その機能があれば、ここの店のケーキはすべて寸分違《すんぶんたが》わず完璧に再現できる」

「すごいっ！　すごいねー！」

喜ぶ稲羽に駆《か》け寄《よ》られた九条は誇らしげな表情をしていた。どうやら、マックスのことを話したり、褒《ほ》められたりするのはまんざらでもないらしい。

「よしっ、じゃあ決まりねっ！　繚蘭会で『limelight』を続けていけるようやってみましょう」

そう言うと天音はすぐにパティシエに話を持ち掛け、俺たちは『limelight』を閉店させないためにはどうすればいいのか、具体的に意見を出し合った。そして、いつしか俺の歓迎会は、『limelight』存続のための会議へと変わり、なぜか俺も『limelight』存続のための仕事を手伝わされることになってしまったのだった。

第4章

AKIRA DENDOU

ここへ来てから俺は、マックスの冷たいボディを頬《ほお》に感じ、ひやっとしながら目覚めるという朝を毎日迎えていた。寝相《ねぞう》が悪いロボなんて聞いたことがないけど、なぜかあいつは朝になると俺のベッドの中にいるのだった。

でも、その日は違った。

「ご飯ですよー!!」という声とともに、甲高《かんだか》く大きな音に驚き、目を覚ました俺の前には、なぜか稲羽《いなば》の姿があった。片手にはフライパン、片手にはおたまを持って、ニコニコしながら立っている。

「な、なにしてるの?」

「ご飯の時間だから迎えに来たんでーす♪」

「いやっ、そうじゃなくて……なんで稲羽がここにいるの?」

繚蘭会《りょうらんかい》のメンバーではない稲羽の部屋は、俺がいる繚蘭会女子寮ではなく一般女子寮にあった。

その稲羽が目の前に、しかも俺の部屋にいるということに、混乱する俺。

そんな俺を見下《みお》ろしながら、稲羽はかしこまるようにコホンと咳払《せきばら》いをすると、姿勢を正した。

「今日から繚蘭会のメンバーになりました。稲羽結衣《ゆい》と申す者ですっ! ほらっ、

『limelight《ライムライト》』を繚蘭会で続けるって話になって、私も手伝うって言ったでしょう？」

そうだ、そういえば、そんな話してたよな。

ほぼ強制的に手伝うことになってしまった俺とは違って、稲羽は自分から天音《あまね》に手伝いたいって言い出していたのだった。

「それでね、手伝うんだったら繚蘭会寮にいた方がやりやすいだろうってことで、天音ちゃんから正式に繚蘭会メンバーに任命されたのですっ！」

なるほど、そういうわけでここにいるのか……。

と、納得した俺だったが、もう一つ、不可解なものが稲羽の手に握《にぎ》られている。

「……そっか、そうなんだ……でっ、どうして、おたまとフライパン？」

すると稲羽はいたずらっ子のようにクスッと笑う。

「部屋の外から葛木《かつらぎ》くん呼んだんだけど全然起きないから……。でねっ、一度こういうのやってみたかったんだよねー。『ご飯ですよー♪』って」

言いながら、稲羽はおたまでフライパンをカンカンと打ち鳴らす。

さっきの、甲高い音はこれだったのか……。かなり賑《にぎ》やかだったけど、女の子の声で起こして貰《もら》えるっていうのは、まぁ、マックスのボディの感触よりはマシだよな。

そう思いながら時計に目をやると、いつもの起きなきゃいけない時間よりも、一時間以上も早かった。

「えぇーっ！　まだこんな時間なの？　俺、もうちょっと寝るわ」

そう言ってベッドに潜《もぐ》り込《こ》もうとすると、再びフライパンの音が部屋中に鳴《な》り響《ひび》く。

「だめーっ！　今朝《けさ》早く、生徒会から天音ちゃんに連絡があって、繚蘭会と生徒会のメンバーは生徒会室に集まるようにって連絡があったんだって！」

「俺、繚蘭会寮にいるけど、別に繚蘭会のメンバーじゃないよ」

すると稲羽は小首を傾《かし》げながら口を開く。

「なんか、葛木くんのことで集まるみたいで、だから葛木くんも集まって欲しいんだって」

俺のことで集まるって言ったら、やっぱ審議会で言われたことだよな。なんだろう……書類の審査が通らなかったとか？　そうだったら俺は……退学……。

俺は急にお腹《なか》がきゅっと重く鈍く痛むような感覚に襲われた。

うわーっ、すげー緊張してきた。退学なんてことになったらどうしよう。あの素晴らしい食堂にも別れを告げなきゃいけないのか……。いやっ、でも……そんなことより、せっかくここでの生活が楽しくなってきたところだったのに……。

視線を上げると、稲羽が心配そうに俺の顔を覗《のぞ》き込《こ》んでいた。

退学になったら、稲羽とも会えなくなるんだよな。

そう思ったとき、さっきまでとは違う胸の奥にチクッとするような痛みが走った。

ん？　なんだろう、この感じ……。

「もしもーし、葛木くん？　大丈夫？」

稲羽の声でハッと我に返った俺は勢いよく立ち上がった。

そうだよ、こんなところで考えていたってしょうがないよな。さっさと結果を聞いて、審査が通ったなら通ったで、そのとき喜べばいいし、ダメだったらダメだったで、潔《いさぎよ》く去《さ》るのみだ！

こうして覚悟《かくご》を決めた俺は、仕度《したく》を済ませると稲羽と一緒に生徒会室へと出向いたのだった。

「これで全員揃《そろ》ったということになるな」

八重野《やえの》先輩が、そこにいる全員を見回す。

生徒会室には生徒会長をはじめとする生徒会メンバーと、繚蘭会長である天音をはじめとする繚蘭会メンバー、そして俺と、なぜかマックスまで揃っていた。

「しょーくんさあ」

いったい何を言われるのか緊張で体が強《こわ》ばる俺とは対照的に、会長の口調は相変わらず軽い。

こんな人の口から、俺の進退を左右する重大な発表が行われるなんて……。

「なんか得意な事とかないの？」

「はい!?」

なんでいきなりそんな事を聞かれるのか、脳天気そうな会長の表情からその理由をうかがい知ることは出来ない。

「ほら、例えば走るのがすっごい早いとか、ケガをしてもすぐ治るとか、なんでもいいよ。何かないのかね？」

なんかって言われても……俺の得意なことって……腹ペコ？　いや、いや、違うでしょう。そうじゃなくて、俺の得意なこと……。

「ひとつもないの？」

情けないことに、俺は会長の言葉に頷《うなず》くしかなかった。

「ないのかー、そっかー、困ったなー。前に審議会で、書類を提出するよう言われてたでしょ。あれ、今日中に提出しないといけないんだけど、しょーくんってば特技の欄《らん》に『特になし』なんて書いちゃうんだもん。これじゃあ、審査通らないと思うんだよねえ～」

会長に言われて、俺は親父《おやじ》から渡された学園のパンフレットに書かれていた文面を思い出す。

――あらゆる方面に対し、才能が秀でている者を集めた巨大学園都市『私立鳳《おおとり》繚《りょう》蘭《らん》学園』。

つまり、それは、特技も何もない、平凡な学生はこの学園にいりませんってことなのか⁉　退学してくださいってことなのか⁉

うう～、だったら審査が通らなかったから退学って言ってくれた方がどんなに気が楽だったか……。得意なことがないから退学って……。「お前は無能」って言われてるのと同じじゃないか……。

俺はあまりの情けなさに落胆《らくたん》する。でも天音は違った。声を荒らげて会長に猛抗議《もうこうぎ》したのだった。

「ちょっと！　なんとかしなさいよ！　あんたのせいでしょ‼　生徒会が責任を持って書類を作成するって言ったんでしょ！　今日が提出期限って、どうしてこんな期限ギリギリまで放《ほう》っておいたのよ」

すると水無瀬《みなせ》と稲羽、そしてマックスまでもが会長に詰め寄った。

「あの、なんとかなりませんか？　葛木さん、とってもいい方なんです！」

「そうだよ、葛木くんが退学なんてだめだよ」

「そうだ、そうだ。せっかく親友ができたっていうのに……」

みんなが一生懸命になってくれればくれるほど、特技ひとつすら持っていない自分が情けなくて、申し訳ない気持ちでいっぱいになる。

「ごめんね。しょーくん……短い間だったけど、楽しかったよ」

会長はポケットから白いハンカチを取り出すと、涙なんて一滴《いってき》もこぼれていない目尻《めじり》をわざとらしく拭《ぬぐ》う。そんな会長の肩に茉百合《まゆり》さんはポンッと手を置くと、困ったように微笑《ほほえ》んだ。

「皇《すめらぎ》くん、もう意地悪《いじわる》はやめてあげなさい」

「え～。俺もうちょっと悲しい別れのシーンを続けたかったのにー」

呆気《あっけ》にとられ口をあんぐりと開けている俺に、八重野先輩が歩み寄る。

「安心してくれ、退学になることはない。それどころか、学園側は是非、君をここの学生として迎え入れたいそうだ」

「是非？」

さっきまでとは打って変わった状況に戸惑《とまど》う。特技もなにもない俺にいて欲しい理由なんて、自分のことながらまったく思いつかない。

「ただ条件があるの。毎月、ちょっとした検査をさせて欲しいそうよ。それがこの学園に残る条件」

茉百合さんに言われて、俺はますますわからなくなる。

「検査って……俺の体の？」

「ええ、そうよ。でも難しく考えることはないわ。あなたの体が少しだけ特殊だったってだけ」

特殊⁉　なんだかもうわけがわからないぞ。

「そんな不安そうな顔をするな。遺伝子レベルで珍しいというだけで、その他に変わった部分はないし、健康状態も問題ない。そういうことだから、毎月検査を受けて、ここに残るってことでいいな」

「はあ……」

自分の体のことなんだから不安になって当然だ。でも、いつも通り冷静な表情でサラッと言う八重野先輩に、俺は黙《だま》って頷くしかなかった。

「じゃあ、葛木くんはこのままこの学園にいてもいいってことなのね？」

天音に詰め寄られた会長が、まるで自分が手柄《てがら》を取ったみたいな顔で深く頷くと、ぐみちゃんが「おめでとーございまーす！」と、福引きでも当たったかのようなテンションで拍手をした。

こんなんでいいんだろうか……。

そもそも大した考えもなく、食堂目当てでここへ来た俺が言うのもなんだけど、この場面で、ぐみちゃんのこのノリは不安すぎる。でも、稲羽と水無瀬は俺がここに残れることを本当に喜んでくれているみたいだった。

「よかったー！　よかったね、葛木くん」

「本当に、よかったです。どうなることかと思いました」

そんな二人を見ていると、細かいことはおいといて、とりあえず俺もここに残れることを素直に喜べてくる。

「さてさてー！　ここからが本題でーす！」

まったくもって空気を読む気のない明るい調子で言ったのは、もちろん会長だ。

「この学園にやって来た二人の転校生と生徒会・繚蘭会の親交をもっと深めるイベントをしたいと思います！」

天音はまた問題を起こすと思っているのか、完全に疑いの眼差《まなざ》しで会長を見ている。

その視線から逃れるように咳払いをしてから、会長は再び口を開いた。

「ごほんっ、という事で、明日からは秋休みということで、明日はみんなで海水浴に行きましょー！」

「秋休みって？」

俺の質問に、会長はあからさまに嫌な顔をして見せた。

「しょーくん、ここは『わーい！』って盛り上がるところだよー！」

そんな会長に代わって、天音が教えてくれたのだが、ここの学園は二学期制のため十月に入るとすぐに秋休みになるらしい。でもって、秋休みが終わると『繚蘭祭』という文化祭的なものが開催されるのだとか。

それにしても秋休みだぞ？　十月だぞ？

そう思って、俺は一応、会長に意見してみる。

「海水浴って季節感を無視し過ぎのイベントだと思うんですけど……」

「大丈夫！　この島、ちょっとした常夏《とこなつ》リゾートって感じだから！」

すると稲羽が控えめにつぶやくように言った。

「わたしちょっと楽しみかも。みんなと遊びに行けるのも嬉《うれ》しいかな」

その言葉がきっかけとなって、水無瀬やマックスも行きたいと言い出し、結局、会長の思惑通り、俺たちは海水浴に行くことになったのだった。

生徒会室をあとにした俺は、いろいろと忙しそうな生徒会のメンバーと天音や水無瀬、九条《くじょう》と別れ、稲羽とマックスと三人でほてほてと廊下を歩いていた。

「あの子……」

稲羽が指《ゆび》さした方に視線を向けると、前に保健室で会った女の子が教室のドアに体をすり寄せるようにして立っている。

「病気が治ったお祝いしようって言ったっきり、何もしてなかったね」

「そういえば、そんな話してたっけ」

「なんだよ、晶《しょう》、忘れたのかよっ！」

マックスに言われて、俺はムッとする。

「マックスなんか、あの子の名前を忘れてたじゃないか」

「そっ、それはだなあ」

そのときだった。ガタンッという大きな音が廊下に響く。見れば、女の子がドアの前にペタンと座り込んでいた。

慌《あわ》てて俺たちが駆け寄ると、女の子は俺たちがいることに驚いたのか、定《さだ》まらない視線で俺たちを見上げる。

「大丈夫か？」

「あ、あの……あの……」

手を貸しながら声をかけると、女の子は震《ふる》える唇《くちびる》で必死に何か言おうとしていた。すると稲羽が女の子の肩を優しく支えながら、そっと声をかける。

「痛くない？　大丈夫？　私は同じクラスの稲羽結衣……えっと……」

「……わ、私……私は……すずの……雪代《ゆきしろ》すずの……です……」

女の子はよろよろと立ち上がりながら、今にも消え入りそうな声で言った。

「すずのちゃん、ヨロシクね」

「……あ、あの……あの……」

稲羽がペコリと頭を下げると、すずのは困ったように視線を泳がせた。そんなすずのに今度はマックスが握手《あくしゅ》を求める手を差し出しながら言う。

「オレも同じクラスだぜ。マックスっていうんだ、ヨロシクな。ここにいる晶の親友でルームメイトだ」

「……は、はい……あの……」

すずのはますます困った顔でうつむいてしまう。どうしたのかと思って俺と稲羽、そしてマックスが顔を見合わせていると、ついにすずのは肩を小さく震わせながら泣き出してしまった。それから、慌てる俺たちに向かって、頭を下げる。

「ご、ご、ごめんなさい……」

なんですずのが謝るのかまったくわからず、俺たち三人は再び顔を見合わせた。そんな俺たちに向かって、すずのは覚悟を決めたように顔を上げると言ったのだった。

「わ、私は人間じゃないんです」

「ど、ど、ど、どういう事？」

あまりに突然の事に言葉を失う俺とマックスの隣《となり》で言ったのは稲羽だった。

「私……幽霊だったんです」

すずのの目は真剣だった。嘘《うそ》をついているようには見えない。だからって、「はい、そうですか」なんて簡単に頷けるほど俺は楽天家じゃない。

「でも、ちゃんと足見えてるし……それに」

そこまで言うと、俺はすずのの頭をポンポンと撫《な》でながら言った。

「触《さわ》れるし。幽霊ってもっとこう、スカーッとするものなんじゃないの？」

俺の言葉に稲羽もマックスも大きく頷く。

「そうだよ、わたしにもちゃんと足見えてるよ」

「オレだってそうだぜ」

するとすずのは「ちょっと見ててください」と言って、とことこと歩いていくと、ちょうど廊下の向こうから歩いてくる二人の女の子の前を、今にもぶつかりそうな距離で横切った。

すずのとそんなに身長差のない二人だったけど、二人は何もなかったかのような顔で、俺たちの前を通り過ぎていく。

「あの二人……全然すずののことが見えてないみたいだった」

俺が言うと、稲羽もマックスも戸惑いつつ頷く。

「あの、こ、こういうことなんです」

俺たちのところへとことこと戻ってきて申し訳なさそうに言うすずのは、やっぱり嘘なんかついているようには見えないし、目の前で起きた現実が、なによりそれが真実だということを物語っているように思えた。

でも、そんなこと急に信じろと言われてもな……。

そう思う俺の隣で、マックスが興奮気味に話し出す。

「つまり、すずのにはステルス機能がついてるって事だな！　いいなー！　オレも欲しいぜ！　メカなら誰もが憧《あこが》れる機能なんだぜ！　カッコイイじゃねーか！」

ステルス機能って、それじゃ幽霊じゃなく高性能ロボになってしまうじゃないか。

とは思ったが、マックスの言葉ですずのが少し元気を取り戻したっぽかったので、俺は黙っていた。

「でも、幽霊でも病気になるの？」

「病気ですか？」

稲羽に質問され、すずのはきょとんとした表情を浮かべる。それで俺が、この前すずのと教室の前で会ったときの話をすると、すずのは今自分がどういう状況なのかを教えてくれた。

それによると、すずのは気がついたら、この学園の制服を着て、この学園を彷徨《さまよ》っている幽霊だったらしく、あの日はたまたま、俺たちのクラスの空《あ》いている席に座っていたんだとか。

そうやって昼間は他の学生に混じって学園生活を送り、夜はどうしてるのかと思えば、保健室で寝ているという。

すずのは自分のことを幽霊だって言ってるけど、どっからどう見ても普通の女の子だし、ひとりってのは危ないよな……。

そんなことを考えていると、どうやら稲羽も同じ事を考えていたらしく、結局すずのは稲羽に説得され稲羽の部屋へ行くことになった。

こうして、当面の問題が解決したところで、俺はすずのが座り込んでいたところにある教室のドアを指さしながら、ずっと気になっていたことを切り出す。

「ところでさ、さっきあそこで何やってたの？」

「壁を通り抜ける練習です」

うーん、幽霊って……そういうものか？

で、結局俺はいまひとつ、すずのが幽霊だというのは信じ切れないのだった。

俺の親友・晶へ
今日はおまえひとりで海水浴を楽しんで来てくれ。
ていうか、今日だけはオレの事忘れてくれ……。
マックス

朝起きると、マックスはどこにもいなくて、そんな手紙だけが机の上にポツンと置いてあった。

どうしたんだろう……。昨日は海水浴に行くのをすごく楽しみにしているように見えたのに。しかもロボのくせに手書きの手紙で伝言残すって。気になるといえば、気になるけど……。

「海だーっ！」

稲羽が背中で結ばれたビキニの紐《ひも》を風に舞わせながら、海へと駆《か》けていく。それに続いて、天音やぐみちゃんも勢いよく海に飛び込む。パラソルの下には優雅《ゆうが》に微笑む水無瀬と茉百合さん。その隣のパラソルには俺、そしてすずのがちょこんと座っている。

驚いたことに、俺と稲羽以外の人間は本当にすずのの姿が見えないらしい。だから、ここにすずのがいることは、俺と稲羽の二人しか知らない。

とても泳ぐのはムリだろうと思っていたのに、南よりのこの島は、会長が言った通り本当に常夏リゾートって感じで、自然と開放的な気分になっていく。

眩《まぶ》しいくらい白い砂浜、太陽の光を反射してキラキラと輝く青い海。

結局俺は、マックスのことなんてすっかり忘れて、初秋の海水浴を楽しんでいたのだった。

「あっ、くるり、こっち、こっち！」

波打ち際《ぎわ》ではしゃいでいた天音が振り返って手を挙《あ》げる。その視線の先に目をやると、九条がこっちに向かって歩いて来るところだった。

そういえば、マックスだけじゃなくて、九条も朝からいなかったよな……って、ん？　一緒にいるの誰だろう？

九条の後ろを、知らない女の子がとぼとぼと歩いていた。女の子は九条が天音たちの方へ駆けて行ってしまうと、なぜか俺の方に向かって歩いてくる。しかも、信じられないことに、女の子が声をかけたのは俺ではなくすずのだった。

「よおっ、すずのも一緒に来てたのかあ」

あれ？　すずのが見えてるって……この子もすずのと同じ……まさかっ、幽霊!?

「あ、あのー。俺、君のこと……なんていうか……見えてて……いいのかな」

こんなに次から次へと幽霊が見えてしまうなんて、もしかして俺って、そういう体になってしまったとか!?　いわゆる霊感体質ってやつ？　はっ！　まさか俺の体が特殊って、こういうことだったのか!?

「なんだよ！　オレのこと見たくもないっていうのか？　見損《みそこ》なったぜ！　お前だけはどんなことがあってもオレの親友だと思ってたのによ！　そんなにオレの格好がおかしいかよ！　ああ、そうか、わかったよ！　ほら笑え！　オレのこと笑いやがれ！」

いろんな考えが浮かんでは消えていく俺に向かって、どうしてなのか女の子は激怒している。

どうしてだ、どうしてなんだ？　格好って？　小さなビキニに押さえつけられるように包まれたボリュームのあるふくらみ、キュッと締《し》まったウエスト、細く白い太もも……おかしい？　おかしいどころか、とても魅力的……。

そこまで考えて俺は、自分があまりに熱心に女の子の体を観察していたことに気がつき、思わず顔がカッと熱くなってしまう。

「あのっ、えっと、おかしいところなんて別に……」

でも女の子の怒りはいっこうにおさまらない。

「うるせーやい！　ばかやろーぃ!!　晶のあほぉぉぉ！」

ん？　この口調とテンション。毎日ものすごく身近に感じているような気がする。って、ちょっと待て、まさかとは思うけど……。

「おまえ……もしかしてマックス？」

「他に誰に見えるって言いやがるんだよぉぉ！」

いやぁ～科学の力は恐ろしい。ここまで来たら、これはもう罪だ。

マックスによれば、月に何度かいつものボディをメンテナンスするため、ここにいる女の子の姿をしたボディに人工知能を搭載《とうさい》しているって言うんだけど、なにが罪って、普通にかわいすぎるっ！

マックス相手に魅力的とか思ってしまったなんて……男の姿だったらこんな過《あやま》ち起きなかったのに……。

「なんで晶が落ち込むんだよ。こんな格好させられて泣きたいのはオレの方なんだぜ。男の血潮《ちしお》が熱くたぎる大海原《おおうなばら》だってのに、このボディが海でどこまで通用するかマミィが性能チェックしたいって言うから……ううう……」

「マックスさん、元気出してください」

砂浜に「の」の字を書きながら落ち込むマックスと、それを励《はげ》ますずの。

女の子がふたり、しゃがみ込んでいるようにしか見えないけど、実は彼女たちはロボと幽霊で……。

この島へ来てから感覚が麻痺《まひ》してしまったのか、開放的な海という空間がそうさせたのか、そんな目の前にある現実を、俺はすんなりと受け入れることにしたのだった。

生徒会長と八重野先輩が大量に釣《つ》ってきた魚でバーベキューを楽しみ、どこにでもあるような『学園七不思議』なんていう怪談話で盛り上がり、日が傾くまで遊びまくった俺たちは、夜遅く寮に戻ってきた。

マックスがメンテナンスのため九条の部屋に行ってしまったため、ひとり部屋に戻った俺は、クローゼットに首を突っ込んで例のモノを探す。

「確か、ここに入れておいて……おっ！　あった、あった」

クローゼットの奥の方に隠すように置いてある紙袋を引きずり出し、中身を確認する。色とりどりのパッケージに包まれたお菓子たち。そのなかの一つを手に取ると、おもむろに袋をバリバリと破り、出てきたスナック菓子を頬張《ほおば》り、いつもの味に安心しつつ、お腹が満たされていく幸せな感覚にひたる。

「ん、うまい」

そのときだった。部屋のドアがノックされ、ドアの隙間《すきま》から稲羽が顔を覗《のぞ》かせる。

「葛木くん？　ちょっといいかな……って、あっ！　葛木くんも？」

言いながら稲羽は、背中に隠すように持っていた紙袋を俺の前に差し出すと、パッと開けて見せる。俺がクローゼットの中に隠し持っていた袋同様、そこにもお菓子がいっぱいつまっていた。

「昼間たくさん泳いだからね。バーベキューいっぱい食べたのに、お腹空いちゃって、おやつを食べようと思ったら、葛木くんのこと思い出したの。もしかして葛木くんもお腹空いてるんじゃないかなと思って……。それでお邪魔しちゃったんだけど……やっぱり正解だったね」

肩をすくめクスッと笑ってから俺の向かいに座った稲羽は、嬉しそうに自分が持ってきた紙袋の中からお菓子を一つ取り出す。

「これ知ってる？　新発売のポッチー塩イチゴ味」

「当然、チェック済みです」

俺は袋の中から稲羽が持っているものと同じ箱を取り出す。

「さすが葛木くん！　葛木くんはおやつのセンスがいいね〜」

「おやつのセンスって……ところですずのは？」

「疲れたみたいで寝ちゃった」

「そっか。それにしても意外と楽しかったな、海水浴」

稲羽はポッチーを小さな口でパクッと食べてから頷いた。

「うん、すっごく楽しかった。今まで以上にみんなと仲良くなれたし、わたし、ここに転校してきて本当によかったたって思ったよ。葛木くんにも会えたしね」

稲羽の柔らかい声は不思議なことに、俺の心の中にすっと入ってくる。普通だったら照れてしまいそうな言葉も、自然と奥までしみ込んでいく。

なんでなのか、稲羽と一緒にいると、嬉しいとか、楽しいとか、そういうのとはちょっと違う、ホッとするような穏《おだ》やかな感情で満たされる。

「俺も稲羽と会えて良かったな」

そんな言葉も自然と言えてしまう。

「ほんとに？　だったら嬉しいな」

日に焼けたせいなのか、ほんのりと赤い頬をした稲羽が優しく微笑む。

こういう感じ、なんて言えばいいんだろう。

ちょっと考えて、俺はしっくりとくる言葉を見つけた。

居心地が良い。

稲羽と一緒だと、そんな気持ちになれるのだった。

第5章

誕生日:4月26日
血液型:B型
身長:142cm
体重:37kg

KURURI
KUJO

秋休みに入って、繚蘭会《りょうらんかい》による『limelight《ライムライト》』は順調に始動していた。

マックスが作るケーキは以前の『limelight』のケーキそのものだったし、天音《あまね》のアイディアで新しいケーキもいくつか作られ、学園のアイドルでもある水無瀬《みなせ》がメイド服に身を包みウエイトレスをしている効果もあり、客足が途絶《とだ》えることはなかった。

そのおかげで俺は、ほぼ毎日『limelight』での仕事を手伝い、しかも秋休み明けまでに提出しなきゃいけない課題やらなんやらで、秋休みとは名ばかり、休む暇《ひま》なんてほとんどなかった。

その日も朝から俺は、『limelight』の厨房《ちゅうぼう》でマックスを手伝いつつ、あとからあとから下げられてくる皿を洗い続けていた。

「葛木《かつらぎ》くん、全部終わったらちょっとこっち来てくれる?」

天音に声をかけられ手を休めると、初めて窓の外が暗いことに気がついた。

「あれ? もうそんな時間?」

時計に目をやれば、とっくに閉店時間を過ぎていた。店の方に行くと、天音のほかに水無瀬とマックス、それに今日はシフトが入っていないはずの稲羽《いなば》や九条《くじょう》までが集まっていた。

俺が空《あ》いている席に座ると、天音がおもむろに口を開く。

「さて、繚蘭会で経営を引き継いだ『limelight』ですが、みんなの頑張りもあって、かなりの売上げを上げています。そこで提案なんだけど……」

そこで天音は九条の方をチラッと見てから、再び話し始めた。

「売上げの一部を児童施設《じどうしせつ》に寄付《きふ》したいと思うんだけど、みんなどう思う？」

「まあ、素敵《すてき》な提案だと思います」

すぐに答えたのは水無瀬だった。

「児童施設って、ご両親がいない子とかがいるところ？」

稲羽が聞くと、天音はちょっとだけ切なそうな表情で頷《うなず》いた。

「ご両親がいない子もいるし、ご両親がいても事情があって一緒に暮らせなかったり、理由はいろいろだわ」

「そうなんだ。わたしは賛成だよ。誰かのお役に立てるっていうのは嬉《うれ》しいし……。ねっ、葛木くん」

稲羽に促《うなが》され、俺は頷いた。

「うん、いいと思うよ。でも、なんで児童施設なの？」

すると九条がぽつりとつぶやいた。

「ワタシが育った場所だから」

「え？」

俺と稲羽だけが驚いた声を上げる。

「ワタシ両親がいないから。ちはや先生が引き取ってこの学園に入学させてくれるまで、そこにいた」

「ちはや先生って？」

俺の質問に天音が答える。

「理事長、つまり私の母ね。だから私の母はくるりの母親も同然で、私はくるりのお姉さんってこと」

それで俺は、前に理事長と九条が話していた様子を思い出した。

口数も少なくて、人とのつきあいも上手《うま》くなさそうな九条が、理事長とはニコニコしながら楽しそうに話していたのは、そういうわけだったのか。

「じゃあ決まりじゃねえか？　もちろんオレも賛成だし」

マックスがそう言ったときだった。突然、ガッシャーンという大きな音が聞こえた。

「なんだ!?　厨房の方みたいだな」

みんなが驚くなか、マックスが席を離れ厨房をのぞきに行く。

「わっ！　あっ、ちょ……。わりい！　オレの片づけ方が悪かったみたいで、調理器具が落ちただけだから。ちょっと片づけてくるな！」

　そう言うとマックスは厨房の向こうに姿を消した。妙に慌《あわ》てた様子が気になって、俺ものぞきに行くと、棚《たな》から落下したいくつもの調理器具の真ん中で放心状態に陥《おちい》っているすずのがいた。

「大丈夫？　わたしも手伝う……あ！」

　あとから入ってきた稲羽はすずのに気づいたのか、すぐに回れ右をして厨房の入口まで来ているらしい天音と水無瀬を中に入れまいとする。

「て、て、手伝わなくても、大丈夫みたいだよ」

「そ、そう、俺とマックスだけで片づけるから！」

　俺は外まで聞こえるくらいの大声で言いながら、稲羽に目配《めくば》せした。

「ほ、ほら、大丈夫だって。ねっ、だから、行こうー！」

　稲羽が出ていったのを確認してから、急いですずのの周りに散乱している調理器具を掻《か》き分《わ》けているマックスを手伝う。すずのはまだ放心状態のまま両手で頭を押さえていた。

「すずの！　大丈夫か？　頭ぶつけたのか？」

　俺が声をかけると、すずのは頭から手を離しゆっくりと俺の方に顔を向ける。

「私……あっ！」

「どうした？　どこか痛むのか？」

「……あのあの……あれ……何か……思い出しそう……かも」

俺もマックスも調理器具を掻き分けていた手が止まる。

「それって、死んだときの記憶とか？」

「ええと、えと……う～ん……なんだか、ぼんやり頭に……」

すずのは難しそうな表情を浮かべながら考え込んでいる。

「お、おいっ、あんまりムリするなよ！」

マックスも心配そうに声をかけるが、すずのは難しい顔のままじっと動かない。俺とマックスはどうしていいかわからず、そんなすずのを黙って見守るしかなかった。

「すずのちゃん、大丈夫？」

慌てた様子で駆け込んできたのは稲羽だった。すずののことが心配で、天音たちを先に帰して戻ってきたという稲羽は、すずのの隣《となり》にしゃがみ込むと、その顔を心配そうに覗《のぞ》き込《こ》む。

「すずのちゃん？　どうしたの？」

まだ難しい顔のまま黙っているすずのに代わって俺が答える。

「なんか思い出しそうなんだって。それって、やっぱ死んだときの記憶ってことなのかな」

俺が言い終える前に、稲羽はすずのに抱きついた。

「だめぇええ！　死んだ時の記憶なんて思い出さなくていいよ！」

驚いて目をぱちぱちとさせているすずのの顔を、稲羽は真剣な眼差《まなざ》しで見つめた。

「だって、忘れちゃうくらいなんだよ。きっと辛い記憶だと思うから……。も、もしかしたら、う、う、打《う》ち首獄門《くびごくもん》とか、切腹《せっぷく》とか……か、か、釜茹《かまゆ》でだったら……うわーんどうしよう！」

自分で言い出しておきながら、その恐怖に耐《た》えられなかったのか、稲羽は今にも泣き出しそうな顔になる。

「ないない、それはない。そもそもそんな江戸時代仕様な幽霊だったら制服なんか着てないだろうし」

「……そ、そっか」

「まあ幽霊だから可能性ゼロとは言い切れないけど……」

一度は元に戻った稲羽の表情が、再び泣き顔に変化する。

「……ほら……やっぱり……」

「いやっ、ないない、大丈夫。なっ、すずの！」

「は、はい。ないです。だから泣かないでください、結衣《ゆい》さん」

俺とすずのに言われて、やっと時代劇妄想《もうそう》の呪縛《じゅばく》から解放されたのか、稲羽はいつもの笑顔を取り戻した。

「そ、そうだよね。ごめんね。すずのちゃんが心配で戻ってきたのに、なんか、わたしが取り乱しちゃって」

たぶん稲羽は、それだけすずののことが心配なんだろう。

まるで自分のことのように相手も思いやれる、そんな優しい子なんだろうけど……。

たしかに記憶をなくした幽霊なんていったら、怪談話にはうってつけのおどろおどろしい逸話《いつわ》の一つや二つは持っていてもおかしくはない。でも、どうもすずのにはそういう陰《いん》な雰囲気《ふんいき》がないんだよなあ……。

「よっし、気を取り直して、早くこれ片づけちゃおうぜ」

マックスがパッと空気を変える。

どうしてなのか、マックスにはこういう不思議な力がある。人を和《なご》ませる癒《いや》しの力みたいなやつ。こういうときのマックスは、人間よりも人間らしくて、うっかりロボットだっていうのを忘れそうになる。

そんなマックスの力もあって、稲羽はいつもの元気を取り戻した。

すずのの記憶が戻らない限り、なにも問題は解決しないのかもしれないけど、散乱している調理器具を仲良く片づける稲羽とすずのを見ていると、俺はもうちょっとこのままでもいいのかな、なんて思ったりもするのだった。


秋休みも終わり、南よりなこの島にも少しだけ冷たい風が吹くようになってきたある日。俺は理事長室にいた。

「葛木くん……あなたが？」

「そう、葛木くんが私の恋人なの」

俺の隣で天音がはっきりとした口調で言い切る。

理事長のまっすぐな視線は、俺に向けられたまま動かない。それは天音ではなく、俺に答えろということなのだろうと俺は理解した。

「天音さんとお付き合いさせて頂いています」

理事長は俺を見据《みす》えたまま沈黙する。美人なだけに迫力のある理事長の強い眼差しに、俺は正直ビビっていた。

「これで納得したでしょ」

天音の言葉にも理事長は表情を変えない。

「葛木くん、あなたに聞きたいことがあります」

「な……なんでしょうか……」

「どうして天音とお付き合いしようと思ったの？　天音のどこが好きになったのか聞かせてもらえる？」

「……いつも周りの事で一生懸命で、面倒見がよくって、人のこといつも考えてて、いい子だなあって……そういうところが……好きです」

隣で天音は頬《ほお》を真《ま》っ赤《か》にさせながら俯《うつむ》いていた。でも、ここで嘘《うそ》をついたらもうひとつの嘘がバレてしまいそうな気がしたから、俺は本当に自分が思っている天音のいいところを口にした。

そう、もうひとつの嘘、それは俺が天音と付き合っているということ。なぜ、そんな嘘をつくことになってしまったのか。それは、天音に頼まれたからだ。

今朝早く繚蘭会の執務室に天音から呼び出された俺は、唐突《とうとつ》に恋人のフリをして欲しいと頼まれた。なんでも、理事長、つまり天音にとっては母親が天音にお見合い話を持ってきたらしい。そのお見合い話を断るために、恋人のフリをして欲しいと頼まれたのだ。

そういうわけで俺は、「フカヒレでも燕《つばめ》の巣《す》でもフォアグラでもなんでもご馳走《ちそう》しま
す！」という天音の言葉に釣《つ》られて、こうして理事長の前で天音の恋人のフリをしてい
るのだった。

理事長はただひとこと「わかったわ」とだけ言った。俺たちの嘘を信じたのかどうか
は、実際のところよくわからない。納得しているようにも見えたし、そうじゃないよう
にも見えた。

「ありがとう。助かったわ」

天音は笑顔でそう言ったけど、俺から視線を逸《そ》らすと小さくため息をつく。

オレンジ色の夕日が差し込む長い廊下を二人で並んで歩きながら、天音はまたひとつ
ため息をこぼした。

「どうした？」

「なんか悪いことしちゃったかな……お母さんにも……葛木くんにも……。嘘……つか
せたりして、ごめんね」

「俺は別に……天音にそういう気持ちがあるならいいんじゃない？」

「そういうって？」

「う〜ん……天音が平気で嘘をつくような子じゃないってことだよ。きっと、お母さん

だっていつかわかってくれるんじゃないかな。天音がどんな気持ちでそんな嘘をついたのか……とかさ。なんかうまく言えないけど……そんな落ち込むことないと思うよ」

天音はじっと俺を見つめていた。なんだか照れくさくて、俺は視線を逸らす。

「……ありがとう」

天音の囁《ささや》くような声が聞こえた。見れば天音は笑っていた。

それは、いつものテキパキとした天音とは違って、繚蘭会長なんていう立場にありながら、トラブルメーカーの兄まで持ち、いつもテキパキと忙しそうに動き回っている天音も、やっぱり普通の女の子なんだなって思える、そんなあどけない笑顔だった。

なんか俺、良いことしたのかな。

天音の笑顔を見ていると、そんな風に思えて、理事長に嘘をつくのは俺も多少は気が引けたけど、それでも俺はなんだか気分が良かったのだった。

翌朝、俺はなぜか九条と二人並んで歩いていた。寮から校舎までは、五分かかるかかからないかの短い距離。その短い距離がやけに長く感じられる。

「あれ？　葛木くんとくるりちゃんだ」

正門の近くで稲羽に声をかけられ、俺は正直助かったと思った。稲羽と一緒にいた天音が、不思議そうに俺と九条を交互に見ながら言う。

「珍しいわね。二人が一緒にいるなんて」

「うん、一緒に来たから。ねっ、しょーくん」

言いながら九条は笑顔で俺を見上げた。

わからない。まったくもって不可解。

今朝俺は九条に起こされた。目を覚ますと、「しょーくん起きてー」と笑顔で俺の腕を引っ張る九条がいた。

「がっこ行こー。一緒に」

いつも監視《かんし》するような視線で俺を睨《にら》みつけている九条が、笑っている。

何かを企《たくら》んでいるんじゃないかとしか思えなくて、逆らわない方が賢明だと判断した俺は、素直に九条に従った。

だから天音に「なんで一緒なの？」なんて聞かれても俺は「わからない」としか答えられないのだった。

そんな俺の隣で九条は笑顔のまま言い放つ。

「一緒に来たかったから」

稲羽も天音も戸惑《とまど》っていた。でも、それ以上に戸惑っているのは、この俺だ。

だって、なんで九条が急にこんな風な態度をとっているのか、俺にだって全然意味がわからないんだから。こんな状態になっても戸惑わない人がいるなら是非知りたい。

いやっ……ひとり思い当たる人が……。

そんなことを思っていたら、その人が現れた。

「やぁー！　これは我が妹とその婚約者、葛木晶《しょう》くんではないかー！」

人の目も気にせず、というより、わざと周りにいる学生たちにも聞こえるように大声を出しているんじゃないかとも思える生徒会長の登場に、天音も俺も慌てる。

「朝から一緒に登校かぁ、さっすが婚約者同士！　ラブラブだねー二人とも！　めでたいねー！」

「お……お兄ちゃん……ちょっ、ちょっと、それは……」

会長の腕を引っ張り、その口を封じようと必死になっている天音の顔を会長は嬉しそうに覗き込む。

「あれれ～、テレてるのかなー？」

「そ、そうじゃなくてっ！」

周りにいた学生たちがざわめき始めても、もう俺はただあわあわそこに立っていることしかできない。そこへ九条がさらなる波瀾《はらん》を巻き起こすような言葉を放つ。

「婚約者……しょーくんはワタシのこと弄《もてあそ》んだ」

「は、はあ？　な、なぜそうなる？」

学生たちのざわめきが大きくなると同時に、会長のテンションが跳《は》ね上《あ》がる。

「やっるなーしょーくん！　天音と婚約して、さらにくるりんを弄ぶとは！　若さだねー！　いいねー！　うらやましいねー！」

「違う！　違うから！　全然違うっ!!」

否定すればするほど、周りの学生たちの俺を見る目が冷たくなっていく気がした。

「もー！　お兄ちゃんが喋《しゃべ》るとややこしくなるんだから、何も言わないでよ！　くるりも変なこと言わないの！」

叫び散らす天音の後ろで、稲羽は驚きのあまり、ただでさえ大きな瞳《ひとみ》をさらに大きく見開いて、俺や天音やくるりをかわるがわる見ていた。

「婚約者？　弄ぶ？　葛木くんが？」

「いやっ、稲羽、全然違くて……」

ワケを説明しようとしたそのとき、無情にもチャイムが鳴《な》り響《ひび》く。なんの説明も受けないまま走り去ってしまう学生たち。会長も九条もそれぞれの教室に向かって駆け出す。

俺と天音と稲羽も慌てて教室に向かう。

結局、誰にもなにも説明できないまま、俺はその日、学生たちの冷たい視線にさらされながら過ごしたのだった。


「なんだぁ、そうなんだ……」

天音から説明された稲羽は、ホッとしたような表情を浮かべていた。

放課後、天音はすぐに稲羽とくるり、そして水無瀬を繚蘭会の執務室に集めると今朝の婚約者騒動の事情を説明した。

「まあ、婚約者のフリですか。それで、うまくいったの？」

意外にも水無瀬は興味深そうに天音の話を聞いていた。

「うん、たぶん、納得してくれたと思う。お母さんに悪いなとは思ったけど、私にはまだそんな気がないし、それに一度会ったら結婚とかを持ち出されそうで……」

「確かに、お会いしてみたら意外と仲良くなって結婚、というお話になるかもしれないですものね。でも、これでお見合い自体を諦《あきら》めてくれるといいわね」

天音の話を聞きながら、わかるわかると言わんばかりに頷いている桜子《さくらこ》を見て、俺は彼女たちがお嬢様なんだっていうことを改めて認識させられた。

だって、この若さでお見合いなんて、普通の家庭じゃまずありえないし。それを、よくある話みたいな感じで話している二人っていうのは、やっぱりお嬢様なんだよな。

「……でも、ちはや先生は天音のこと、心配してるから」

ただひとり、九条だけは理事長のことを気にかけているみたいだった。

「それはわかるんだけど、今は『limelight』のことや繚蘭祭のことでいっぱいいっぱいで、結婚なんて考えられないし。だからって、そういう理由で、恋人もいませんっていうんじゃ、ますますお母さんを心配させちゃいそうだし、だからこれで良かったのよ」

「……いいのかな」

九条は納得していないみたいだった。そんな九条を見ながら、水無瀬も少し深刻な表情を浮かべる。

「お見合いしなくてよくなったのは良かったと思うけど、でも、嘘だって知られてしまったら大変かも」

「あ……うう……そうだよね……」

水無瀬の言葉に項垂《うなだ》れる天音。そんな天音の両手を、稲羽がギュッと握《にぎ》りしめる。

「大丈夫だよ！　天音ちゃん！　他の人にバレないように、わたし協力するから！」

すると深刻な顔をしていた水無瀬もふわっと柔らかな微笑《ほほえ》みを浮かべた。

「そうですね。私も何かお手伝いすることがあれば協力するわ」

「結衣、桜子、ありがとう。でも、しばらくは話をあわせてくれるだけで充分よ」

それから天音は九条の方を見ると、クギを刺すように言った。

「くるりも！　余計なことはいわないでね」

「……了解」

とは言っていたが、九条はちゃんと納得しているのか、いないのか、微妙な表情を浮かべていた。

まあ、でも、とりあえずなんとか話はまとまったみたいだし、これでしばらくは大丈夫そうだな。

と思って、固い絆《きずな》で結ばれた女の子たちの友情を静かに見守っていた俺の腕を稲羽がガシッと摑《つか》む。

「葛木くんも！　他の人にバレないように、ちゃんと婚約者っぽくしないとダメなんだよ」

「は、はい……」

稲羽の勢いに押され、俺は素直に頷いてしまう。頷いてしまってから、なんだか胸の奥をギュッと何かに摑まれたような、そんな痛みを感じた。

なんだろう、この感じ……。

締《し》めつけられるような、切ないような、息が詰まるような感覚。それがいったいなにを意味するのか、そのときの俺はまったく気づいていないのだった。

あれから天音は理事長からお見合いの話をされることもなく、これまで以上に張り切って『limelight』での仕事に打ち込んでいた。それに影響されたのか稲羽もやたらと気合いが入っている。

「わたしも手伝うね」

汚れた食器類を厨房に運んできた稲羽が、シンクの前で皿を洗い続けている俺の横に並んで皿を洗い始める。

「ありがとう。それにしてもすごい数だよな。洗っても、洗っても終わらないよ」

「すごいよね。前よりもお客さん増えたみたい」

予想以上の繁盛《はんじょう》ぶりで、俺は放課後になると、ほとんど毎日この厨房へ来て皿を洗っている。ほかにもいろいろと手伝ってはいるが、ホールはやっぱり女の子の方がいいだろうし、ケーキ作りはマックスが完璧《かんぺき》にこなしているから、結局俺に残されている仕事といえば、皿洗いぐらいしかないのだった。

「そういえば、忙しすぎて歓迎会以来、一度もここのケーキ食べてないんだよな。売れ残りのケーキ食べられるかな、とか期待してたんだけど。ほとんど売れ残らないし。人が食べてるのみてるばっかりって辛《つら》い……」

「わかるよその気持ち！」

稲羽は食器を洗う手を止めて力強く頷いた。

「みんなすっごく美味《おい》しそうに食べてるもんね。わたしも食べたいよぉケーキ……」

「だよなー。ここのケーキほんと、美味しいもんな」

歓迎会のときに食べたケーキの味を思い出した俺もまた、食器を洗う手が止まる。

「うんうん美味しかったよね。明日わたしの誕生日だから、奮発《ふんぱつ》して買っちゃおうかなー」

「え!?　明日、誕生日なの？」

俺が驚いていると、ホールから天音が顔を出す。

「ふたりとも何してるの？　あんまり片づいてないよ」

「あ、天音ちゃん。ご、ごめんなさい～」

慌てて皿洗いを再開する稲羽。俺も再び手を動かす。

「あ、慌てなくてもいいよ。ちょうどお客さんいなくなったところだから。話し声が聞こえたから、どうしたのかなと思ってのぞきに来たんだけど……」

天音に言われて、俺はさっきまで話していたことを思い出す。

「そうそう、明日、稲羽の誕生日なんだって」

「え!? そうなの?」

「そうなの。だから奮発してケーキ買っちゃおうかなって話をしてたんだよ」

ニコニコと嬉しそうに話す稲羽に向かって、天音はぶんぶんと首を横に振る。

「だめ! そんなのだめだよ!」

「え? ケーキ食べちゃだめなの?」

一瞬にして悲しそうな顔になる稲羽は、幼い子供みたいで可愛《かわい》らしかった。

「そうじゃなくて、ちゃんとお祝いしよう!」

「えっ、いいよいいよ、そんなの別に……」

「よくない!」

天音はまるで自分のことのように真剣だった。

こういうところ、天音はほんとにいい子だなあと思う。

「みんなで何かできたらいいけど……。ところで結衣は、なんか欲しいものとかはないの?」

天音に聞かれた稲羽は、頬を赤くしながら小声で答える。

「欲しいものっていうんじゃないんだけど、前から自分の誕生日にやってみたいなーって思ってたことがあって、ケーキを1ホールそのまま食べてみたいなーなんて思ってたりするんだけど……」

俺は稲羽の話に思わず興奮してしまう。

「わかる！　それってやっぱ憧《あこが》れるよな！　ケーキ1ホール独《ひと》り占《じ》めっていったら、最高に贅沢《ぜいたく》な庶民《しょみん》の夢だよ！」

「でしょ、でしょ？　夢だよねえ〜」

ケーキ話に花を咲かせる俺と稲羽の横で、天音は呆《あき》れ顔でため息をこぼしながらも、稲羽の顔をじっと見つめながら何か考えているようだった。

「ケーキ1ホールね……」

首を傾《かし》げながら天音がつぶやいたときだった。天音の背後から突然にょきっと生徒会長が現れる。

「よーしっ、じゃあ、みんなでケーキを作るっていうのはどう？」

満面の笑みを浮かべた生徒会長の登場に、天音は露骨《ろこつ》に嫌な顔をしてみせる。

「はぁああ!?」

「ひとりひとつずつケーキを作って、結衣ちゃんにプレゼントするんだよっ！　どう？

いいアイディアでしょう？　もちろん俺もいろいろ協力するよ～！」

「ちょっと、勝手に決めないでよ！　それにお兄ちゃんの協力なんていらないし」

そうやって必死に会長の乱入に対して抵抗を見せる天音だったが、稲羽は瞳をキラキラと輝かせながら期待に満ちた表情を浮かべる。

「ケーキ!?　みんなで？　すごーい！」

「そうでしょう？　すごいでしょう？　俺のアイディア！」

稲羽の反応に会長は満足そうに頷きながら言う。

「しかも、お店の宣伝を兼《か》ねて、みんなでこんなケーキがありますよってアピールして、お店のお客さんも増やしちゃおう！　なんて考えてるんだけど……」

「わぁ！　なんだか楽しそう！」

稲羽の言葉に、会長は再び大満足顔で頷いた。

「題して！『limelight』の店員さんで、ケーキを作ったよ！　誰のが一番美味しいかな大会!!」

「長い！　題してない！」

俺が突っ込むと、会長はムスッとしながら「じゃあ、『limelight』ケーキ王選手権とかでいいだろ！」と言ってから、さらに続ける。

「ちなみに、結衣ちゃんは明日お誕生日だから、審査委員長になるといいと思うよー！」

「本当ですか!!　全部のケーキ食べられるんですか！」

「もっちろんで〜す！　審査委員長ですから！」

「天音ちゃん！　楽しそうだよ！」

「そ、そうかしら……」

稲羽と会長のテンションはもう誰にも止められないくらい勢いづいていたが、天音は明らかに不服《ふふく》そうだった。そんな天音を横目でちらりと見ながら、会長が俺に向かって言い放つ。

「しょーくんも審査員やったらいいよ！」

「えっ？　俺が？」

「厳正《げんせい》な審査が必要だからね〜」

「審査員……」

さっきまでは稲羽が喜ぶならやってもいいかなぁ、くらいの気持ちで稲羽と会長のやりとりを見守っていたのに、会長の一言で俺は完全に賛成派の一員となる。

だって、審査員ってことは、俺も全部のケーキ食べられるってことだもんな。これは、なにがなんでも天音を説得して大会を開催しなければ！

「やる！　審査員やる!!　なあ、天音、やろうよ。稲羽の誕生日なんだし、稲羽が喜ぶことをやるのが一番だろ？　なっ！」

「ううー、それはそうだけど……」

「みんなでお祝いすればにぎやかでいいし、しかもお店の宣伝にもなる。絶対やった方がいいと思うよ」

俺はありったけの熱意を込めて天音を見つめる。さらに期待に顔を輝かせた稲羽や会長に詰め寄られると、天音は観念したような表情で顔を上げた。

「もー！　いいわよ！　明日、結衣のために大会を開けばいいんでしょ。ただし、くるりと桜子が了解したらね」

「やったー!!」

歓声を上げる稲羽と、俺は手を取り合い喜びを分かち合う。

「諸所の手続きは生徒会に任せたまえ！　立派な大会にしてみせようじゃないか！　よーしっ、そうと決まれば早速《さっそく》準備に取りかからなければっ！」

「ちょっと、桜子とくるりが了解したらって言ってるでしょ！」

天音が声をかけたときには、すでに会長は身を翻《ひるがえ》し厨房を出ていくところだった。

「わかってるって。じゃ！　明日、楽しみにしててよー！」

会長が出ていってしまうと、天音は深い深いため息をこぼしながらつぶやく。

「……まったく、ろくなこと考えないんだから」

「でも、楽しそうだよ。はあぁあケーキ、ケーキがいっぱいー！」

稲羽はもう完全にケーキのことしか頭にないみたいだった。もちろん俺も稲羽と同じ状態に陥っていた。

みんなどんなケーキを作るんだろう。う～ん、天音も水無瀬もお嬢様だからな、ケーキ作りなんてしたことあるのかな。でも天音はけっこう普通の女の子っぽいところもあるから大丈夫そうだけど……。水無瀬はやっぱ超豪華《ごうか》なケーキかな……。問題は九条だよな。どんなケーキを作るのか、想像すら出来ない、というより、想像するのが恐ろしいような……。

ってか、水無瀬と九条が反対したら、大会は中止なのかな。稲羽と同様、俺もここまで盛り上がっちゃってるのに、今さら中止なんて絶対嫌だぞ。しかも九条なんて、思いっきり嫌がりそうじゃないか。うう～それは困る。あっ、そうだ、俺も天音と一緒に二人を説得しに行こう。うん、そうだ、そうしよう。

そう思って、それから俺は天音について九条と水無瀬のところに行ったんだけど、水無瀬は「楽しそうですね」とワクワクした様子で微笑み、九条も冷静に「宣伝活動は必要」と言って、二人ともすんなり賛成してくれたのだった。

はぁ～よかった、これで一安心だ。

そして俺はその日、どんなケーキが出てくるのか期待と不安に胸を躍らせながら眠りについたのだった。

第6章

誕生日:10月31日
血液型:A型
身長:155cm
体重:47kg

AMANE
SUMERAGI

「レディース、エーン、ジェントルメーン！　新生limelight《ライムライト》の店員さんによる、第1回ケーキ王選手権、いよいよ始めるぜー！　司会はこのオレ、マックス！」

昨日急遽《きゅうきょ》決まったことなのに、どこで聞きつけたのか、学園の正門前に設置された特設ステージ前には大勢のギャラリーが集まっていた。

こぢんまりとした内輪《うちわ》だけの誕生会を想像していた俺は、戸惑《とまど》いつつもステージの上に設《もう》けられた審査員席に座っている。

会長が絡《から》んでいる時点で、どうして俺はこうなることが予測できなかったのだろうか……。俺はただケーキが食べたかっただけなのに……。普通に食べさせてくれればそれでいいのに……。

そんな俺の戸惑いなどお構いなしに、やけに気合いの入ったマックスによって大会はどんどん進行していく。

「『limelight』の店員さんによる心のこもった手作りケーキを、見た目、味、そして新しさやインパクト、それらを総合的に審査し、最優秀ケーキを決めます！　というわけで審査には審査員が必要だ！」

マックスの視線が俺たちに向けられると、集まったギャラリーの視線も俺たちに向けられる。審査員席には俺と稲羽《いなば》、そして空席がひとつ。

「審査員長は本日が誕生日の稲羽結衣《ゆい》ー！　ハッピーバースデーだぜ！」

マックスが稲羽を紹介すると会場のあちこちから「おめでとー！」という歓声が上がった。稲羽は恥ずかしそうに頬《ほお》を赤らめながら、ペコリと頭を下げる。

「そしてもうひとり、生徒会のリーサルウェポン！　俺の親友でルームメイトの葛木《かつらぎ》晶《しょう》だー！」

盛り上がった会場には、なんで俺が審査員なのかなんて些細《ささい》なことを気にするやつなんていないみたいで、とりあえず俺にも「おー！」とか「ひゅー！」とかいう歓声が上がる。

「さー！　ラストは特別審査員！　生徒会鋼鉄の副会長！　八重野蛍《やえのけい》だーっ！」

な、なぜ八重野先輩⁉

マックスの声とともに、本当に八重野先輩が現れる。

会長に無理矢理押しつけられたのか？　ってか、この人ケーキとか食べるわけ？　全然似合わないいんですけど……。

いろんな疑問が頭をよぎっている俺の前を、八重野先輩はいつもの冷静な表情のまま通り過ぎると、ひとつだけ残されていた空席に座った。

「それでは、トップバッターの紹介だ！　エントリーナンバー1番！　水無瀬桜子《みなせさくらこ》さんでーす！」

マックスの声に続いて、大歓声が起こる。八重野先輩の登場に戸惑う俺など無視して、会場はどんどん盛り上がっていく。

「どんなケーキだろうね」

言いながら稲羽が手にフォークを持って身を乗り出すと、水無瀬がステージ上に現れた。その手にはケーキ……ではなく、なぜか水無瀬は荷物なんかを運ぶ台車をゴロゴロと押している。台車の上には何か大きなモノが乗っているが、布が被《かぶ》されていて、その正体は見えない。

「おおーっと！　なんかデカイのが登場だー！」

マックスの声と同時に、被されていた布が水無瀬の手によって外された。

「な、なんだ!?」

俺は完全に怯《ひる》んでいた。さっきまで盛り上がっていた会場も静まりかえる。

台車の上に乗っていたのは、真っ白な男の人の像だった。俯《うつむ》き、右手で顎《あご》を押さえ、なにか考えているような様子のそれは、とても有名なポーズで、俺も教科書かなんかで何度か見たことがあった。ただひとつ、俺が見たことあるものとちょっと違うのは、なぜかその男性の像はちょんまげを結《ゆ》っていた。

な、なぜちょんまげ？　というか、それ以前に、これはケーキなのか⁉　どう見ても石膏像《せっこうぞう》にしか見えないぞ！

「桜子っ！　これ、すっげーな。でも、本当にケーキなのか？」

興奮するマックスにマイクを向けられた水無瀬は、いつもと変わらない優雅《ゆうが》な微笑《ほほえ》みを浮かべた。

「はい、像の中身はちゃんとスポンジケーキですよ。周りはホワイトチョコでコーティングしてあるんです」

水無瀬にふざけたところはまったくない。それどころか誇《ほこ》らしげに自作の像を見つめている。

「ちょんまげが大好きな結衣さんの誕生日ですから、結衣さんのために作りました。題して『考えるちょんまげ』です！」

なるほど……って、納得できるか！　俺は理解できないぞ。まったくもってわからないぞ、そのセンス……。

と心の中でツッコミを入れている俺の隣《となり》で、稲羽は目をうるうるとさせながら感激していた。

「さ、桜子ちゃん‼　ありがと、ありがとう～！」

その隣で、八重野先輩が動揺《どうよう》する様子も、驚く様子もなく、ぽそりとつぶやく。

「……なかなか斬新《ざんしん》だな」

だよな……。そう言うしかないよな。「美味《おい》しそう」とか「早く食べたい」とか、そんな感情を一切湧《わ》かせない、それは、ある意味、奇跡のケーキだった。

「よっし、じゃぁ、お次は偉大《いだい》なるオレのマミィ！　九条《くじょう》くるりさーん！」

水無瀬がゴロゴロと台車を押しながら去っていくと、それに代《か》わって九条がステージに上がった。それは、俺が最も恐れていた瞬間だったが、意外にも九条が持っていたのは普通のイチゴのショートケーキだった。普通とはいっても、とても素人《しろうと》の手作りとは思えない、お店で売っているような繊細《せんさい》で綺麗《きれい》なデコレーションが施《ほどこ》された完璧《かんぺき》なショートケーキだ。

「ワタシはショートケーキ。ほかは特に説明する事はない」

九条はそう言うと、俺の方を振り返り「一生懸命作ったのー」と微笑んだ。意味不明な九条の態度に戸惑ったが、真相を追求するのも怖いので、俺は曖昧《あいまい》な笑顔で答える。

「そ、そう」

「うん。それだけ」

一体、なんなんだろう。いや、深く考えるのはやめよう。

首を横に振りながら、いろんな考えを頭から追い出す俺。そんなことをしているうちに、ステージには天音《あまね》が上がってきていた。

「私もショートケーキなんだけど……」

そう言った天音は珍しく自信なさげな表情をしていた。

たしかに、天音が持っていたのはイチゴがちょっと斜《なな》めってたり、デコレーションのクリームがいびつだったりして、水無瀬や九条が持ってきたケーキのような派手さはなかった。でも、これぞ手作りケーキといった感じで、一生懸命作ってる姿とかが思い浮かんでくるような、そんな好感が持てるケーキだった。

「ではでは、お待ちかねの試食タ〜イム！」

マックスのかけ声とともに、切り分けられたケーキが俺たち審査員の前に運ばれてくる。素朴《そぼく》で可愛《かわい》らしいショートケーキと、どこぞの名店のものかと思えるほど完璧なショートケーキがそれぞれ配られ、最後に俺と八重野先輩の前には白い腕、稲羽の前には白いちょんまげがドーンッと置かれた。

こ、怖い……。

俺は考えた末、その見た目が恐怖の水無瀬が作った白い腕を、まずやっつけることにした。ガシッと腕を掴んで、豪快《ごうかい》にかぶりつく。これが予想外に美味しかった。ひとくち食べ始めたら止まらない、それくらいウマイ。稲羽も「ちょんまげ〜！」と言いながら幸せそうにパクパク食べている。

ナイフとフォークで指先を丁寧《ていねい》に切り分けながら食べている八重野先輩の姿は、見てはいけないものを見てしまったような気がして、かなり怖かったけど……。

そして腕を完食した俺は、天音のショートケーキに取りかかる。それは期待を裏切らない、見た目通りの素朴な味だった。美味しいというより、好きな味って感じで、なんだかわからないけど、すごく安心できた。

残るは九条のショートケーキ。俺はそれを迷うことなく口に放《ほう》り込む。

これは、美味しいに決まって……なっ！

口を閉じて鼻から息を吸い込んだ瞬間、スパイシーな香りが脳を刺激する。俺の舌は理解しがたい状況にビックリしていた。

「……こっ、これ……なに？」

やっとの思いでケーキを飲み込みながら聞いた俺に、九条は淡々《たんたん》と答える。

「ケーキとカレーの味と香りが、どこまで融合《ゆうごう》できるのかの実験」

「なんと！　インパクトでは断然、桜子がぶっちぎりかと思いきや、さすがマミィ！　マミィのケーキは見た目はケーキで味はカレーらしいぞ！　すっげーなー！」

マックスの実況に会場がどよめく。俺の舌は、ケーキなのか、カレーなのか完全に混乱していた。

目を閉じれば、じっくり煮込んだ二日目のカレーのような、深いコクまで感じられる絶品カレーの味がする。でも目を開けると、そこには確かに、赤いイチゴが乗ったショートケーキがあるのだった。

それから俺たち審査員には投票用紙が配られ、誰《だれ》のケーキが一番良かったかが決められた。優勝したのは『考えるちょんまげ』を作った水無瀬だった。

俺は一番好きな味だった天音に投票したけど、稲羽と八重野先輩は『考えるちょんまげ』の圧倒的なインパクトを評価したのだろう。

まぁ、一度食べたら忘れられない衝撃的なケーキだったことには間違いないけど……。また食べたいかと聞かれれば、ちょっと躊躇《ためら》うかも。年に一度、それこそ誕生日とかに食べるにはいいかもしれないけどさ。

「私のケーキ、どうだった？」

大会が終わると、天音がこっそり俺と稲羽に感想を聞きに来た。

「美味しかったよー！　なんかお母さんが作ってくれたケーキって感じで、天音ちゃんの愛情が感じられて、すっごく嬉《うれ》しい気持ちになったよ～」

俺は稲羽の言葉に大きく頷《うなず》いた。稲羽の言う通り、天音のケーキは天音の優しさがいっぱい詰まった愛情溢《あふ》れるケーキって感じだった。

「ほんとに？　でも、負けちゃったし……」

「ほんとに美味しかったよ。また作って欲しいし」

俺が言うと、天音はパッと瞳《ひとみ》を輝かせた。

「もちろん。そうだ、葛木くんの誕生日は？　せっかくなら葛木くんの誕生日に作らせてよ。いつなの？」

「今日」

「え？」

聞き返す天音の隣で、稲羽が驚きの声を上げる。

「えええっー!?　葛木くんも今日が誕生日なの!?」

そして天音と稲羽は同時に言ったのだった。

「なんでもっと早く言わないの!?」

「言ってくれたらよかったのに！」

「ご、ごめん……。なんとなく言いそびれて……」

なぜか謝ってしまう俺。そんな俺に二人はちょっと待っているようにいうと、どこかへ行ってしまった。

俺……なんか、怒らせるようなことをしてしまったんだろうか……。稲羽が誕生日だって話で盛り上がってたから、言い出すタイミングがなかっただけなんだけどなー。

そんなことを思いながら待っていると、天音と稲羽は息を切らせながら戻ってきた。

「二人ともどこ行ってたの？」

そう言った俺に、天音はかわいくラッピングされた小さな箱を差し出した。

「はい、これ、誕生日プレゼント」

「え……いいの？」

天音はこくりと頷くと「開けてみて」と言った。言われた通り、箱を開けてみると、中にはシンプルだけどすごく高そうな腕時計が入っていた。

「こ、これ……貰《もら》っちゃっていいの？　こんな立派なもの……」

「気にすることないわよ。一応、婚約者ってことになってるんだし」

「でも、ニセの婚約者なのにここまでしなくても……」

俺がそう言うと、天音の表情が一瞬だけ曇《くも》った気がした。

「そ、そうだけど。ほら、何事も形からって言うじゃない」

でも、そう言った天音はいつもの笑顔だった。

ん？　気のせいかな……。

「あっ、あの、そんなすごいもののあとで、あれだけど……」

稲羽の言葉で俺の思考は遮《さえぎ》られた。

「お誕生日おめでとう！　今持ってるもので、葛木くんが喜んでくれそうなものって、これくらいしかなくて……」

言いながら差し出された稲羽の手にあったのは、よれよれになった一枚の紙だった。受け取って、よく見てみると、それはどこかの店のスタンプカードみたいだった。

「……あっ！　これ！」

裏返してみると、お店の名前が印刷してある。

「そうでーす！　スタンプがいっぱいなので、モールの喫茶店のデラックスツインパフェが一回タダになりま～す！」

「お、おおぉぉぉ！　デラックスツインパフェ!!　いいのか!?　せっかく集めたのに、俺なんかが使っちゃって……」

「いいんだよ、葛木くんの誕生日だもん!!」

「ありがとー！」

稲羽は照れたように笑っていた。そして俺は、胸の奥がじんと温かくなるのを感じていた。

よれよれのスタンプカードは、稲羽が本当に一生懸命スタンプを集めてたんだなっていうのを物語っていて、そんなものを俺なんかにプレゼントしてくれちゃう稲羽の優しさが、俺は本当に嬉しかったんだ。


ひとけのない寮の廊下で、俺は呆然《ぼうぜん》と立ちつくす。

「……飽《あ》きた」

すれ違いざま九条は俺を見ると、真顔《まがお》でつぶやいた。俺はしばらく去っていく九条の後ろ姿を力なく見つめていた。

わからんっ。一体なんなんだ!? なぜ俺が一方的に九条から飽きられなければならないんだ。あーもういい、考えるな。あれが九条なんだ。俺が何を言ったところで、九条は変わらない。受け入れるしかないんだ。

俺は賢明に自分に言い聞かせる。

「もうっ、遅い！　何してたの？」

執務室へ行くと、ふくれっ面の天音が俺を出迎えた。九条に飽きられ放心していたなんて、そんなウソみたいな言い訳なんか言えるわけもなく、俺は曖昧に答える。

「ごめん、ちょっとね。みんなは？」

繚蘭祭《りょうらんさい》についての話があるからと天音に呼び出されたけど、執務室にいたのは天音と稲羽だけだった。

「桜子ちゃんとマックスくんは『limelight』に行ったよ。くるりちゃんはラボにいるんじゃないかな。はい、じゃあ、これ」

言いながら稲羽は俺に数枚のプリントを渡す。

「繚蘭祭のことだけど、どこかの教室を使って『limelight』のケーキが食べられるカフェをやろうと思うの。シフトとか詳細についてはそのプリントに書いてあるから、ざっと目を通しておいて」

天音の説明を聞きながら、俺はプリントに視線を落とす。

忙しいはずなのに、いったいいつ天音はこんなものを作ったんだろう。

これじゃあ、お見合いどころじゃないよな、と思うと同時に、俺はその仕事の速さに感心してしまう。

「詳しい話はみんながいるときにするとして、繚蘭祭の用事はそれだけなんだけど……もうひとつ、これ、明日ふたりで遊びにいってらっしゃいって」

そう言って天音が差し出したのは、何かのチケットみたいだった。

「誰と？　稲羽と？」

俺が聞くと、天音はじれったそうに口を開く。

「だから、あの……そうじゃなくて……」

「天音ちゃんと葛木くんが一緒に行くんだよ。天音ちゃんのお母さんが『彼と行ってらっしゃい』ってくれたんだって」

「あっ、そ、そっか」

稲羽に言われて、俺はなぜか慌てる。

「恋人同士なんだから、デートのひとつでもしておかないと怪しまれるわ。いいわよね？」

「えっ、えっと、うん」

「言っとくけど、これも婚約者のフリの一環だから勘違《かんちが》いしないでよっ」

「は、はい」

天音にテキパキとした口調で畳《たた》みかけるように言われ、俺はただただ頷く。そのときだった。入口の扉がいきなりバンッと開き、生徒会長が姿を現した。

「うわっ、お兄ちゃん！」

「しっつれいしま～す。結衣ちゃんに、お届け物で～す！　さっき届いたばっかり、なんかほら、速達って書いてあるでしょ。だから急いで持ってきてあげたんだよ～」

言いながら会長は持ってきた小包を、とんっと机の上に置いた。

よかった。さっきの話、会長は聞いてなかったみたいだ。

俺の隣で天音も小さく安堵《あんど》のため息を漏《も》らす。

俺がニセの婚約者ってことが会長にバレたりなんかしたら、理事長にバレるよりもっとめんどくさいことになりそうだもんな。

「わあ！　お誕生日プレゼントだあ！」

稲羽は小包を開けて、その中を覗き込んでいた。そして、真《ま》っ白《しろ》な飾《かざ》り気《け》のない箱を大事そうに取り出すと、そっと蓋《ふた》を開ける。

「誰から？」

俺が聞くと、稲羽は箱を開けながら楽しそうに答えた。

「お父さんとお母さんから……わあああああ！」

稲羽の声につられて箱の中を覗き込むと、そこには時代劇でよく見る十手《じって》や手裏剣《しゅりけん》のレプリカが入っていた。

「見て！　見て！　これすんごーく手に入らないものなの！　撮影所でしか買えないの！　お父さんが選んでくれたんだよ」

十手に頬ずりをしながら嬉しそうに言う稲羽の瞳は、ありえないくらいキラキラと輝いていた。

「あれ？　まだ何か入ってるぞ」

十手が入っていた箱の中を覗き込んでいた会長が、そこから白い包みを取り出す。その瞬間、包みは会長の手から滑《すべ》り落《お》ち、中から黒い塊《かたまり》がゴロッと机の上に転がった。

「ぎゃあ！！！」

驚き仰《の》け反《ぞ》る会長をどけるようにして、稲羽がその黒い塊に飛びつく。

「ななな生ちょんまげだ！」

黒い髪の毛の束《たば》を手に持ち、陶酔《とうすい》の表情を浮かべる稲羽。

ホラーだ。どっから見ても、ホラーな光景にしか見えないぞ。嫌がらせをするために髪の毛とかゴミとかを送りつけるって話は聞いたことがあるけど、誕生日プレゼントに髪の毛を送るなんて聞いたことがないぞ!?

俺も天音も、そしてあの会長さえも、このホラーな贈り物には怯んでいた。

「あっ、手紙も入ってる」

そう言って、稲羽が箱から取り出したのは、表に筆文字で『結衣ちゃんへ』と書かれた巻物《まきもの》だった。それを稲羽はするすると開くと、中に書かれている文章を読み始める。

「結衣ちゃんへ……撮影で使うカツラが新調されるので、担当の人からちょんまげをいただくことができました。これは結衣ちゃんの大好きな『暴れん坊老中《ろうじゅう》』で実際に使われたものです……だって、すごーい！」

そこで稲羽は興奮した様子で俺たちを振り返ってから、再び巻物に視線を落とした。

「いろいろ悩んだけど、結衣ちゃんにはこれが一番いいなと思って選びました。喜んでくれたら嬉しいな……う、嬉しいよおお！　お父さんありがとー！」

「ちょんまげ……嬉しいんだ」

戸惑い気味に言った天音に、稲羽はこくこくと何度も頷いて見せた。そんな稲羽を見ながら、会長が珍しく真っ当なことを言う。

「結衣ちゃんのパパは結衣ちゃんのことが大好きなんだな。きっと赤ちゃんの時から娘にメロメロなパパだったんだろうな～」

「あっ、お父さんは赤ちゃんの頃の私は知らないの。うちのお父さんとお母さん再婚だから、お父さんとは血が繋《つな》がってないんだ」

思いもよらぬ結衣の言葉に、会長の顔がふっと真面目《まじめ》になる。

「……ごめん」

聞いたことのない真剣な会長の声に俺は驚く。でも、稲羽の方がもっと驚いているみたいだった。

「え？　あの、私、お父さんと仲良しですよ？　時代劇の話とかいっぱいするし、たまに私が老中役やっても相手してくれるし……だって親子だもん」

「……そっか。なんかいいな、そういうの」

俺は会長の言葉に頷いた。会長と同じ意見だったのは、たぶんこれが初めてかもしれない。

「ねえ、でも、これってどうやって手に入れたのかしら。結衣のお父さんって何やってる人なの？」

見れば天音は、結衣の手の中にあるちょんまげを恐る恐る指先で突いていた。

「時代劇の俳優さん。悪役の俳優さんだけど、おうちではすっごく優しいんだよ～」

そう言った稲羽は、お父さんと血の繋がりがないとか、そんなこと本当に関係なくて、ただただ大好きなお父さんの話をしている心優しい女の子だった。

そんな稲羽を見て俺は、まだまだ俺の知らない稲羽がいるんだなって思った。まだ出会って間もないし、当たり前なんだけど、それがなんだかもどかしいような、じれったいような、今まで味わったことのない気持ちを感じていた。

おどけたピエロが一輪《いちりん》の小さな花を天音に手渡した。天音は声を上げて笑いながら、子供みたいにはしゃいでいる。

理事長がくれたのは島内でも一番大きな公園で行われる大道芸人《だいどうげいにん》によるパフォーマンスショーのチケットだった。公園内の広場に円形のステージが組まれて、俺たちはステージをぐるりと囲むように作られた客席の一番前の席でショーを楽しんでいた。

「わわ、見てあの人！　あれ、どうなってるのかしら」

たぶんズボンの下に竹馬をはいているであろう足の長い人を指さし、驚いた表情を見せる天音は、いつも教室とかで見る天音とは全然違って新鮮だった。

「思ったより、楽しかったわね」

ショーが終わり、会場を後にした俺たちは、あてもなく公園内をぶらぶらと歩いていた。天音はそっけない感想とは裏腹に、楽しくて仕方ないって顔をしている。

「うん、そうだな。でも、俺はショーよりも、いつもと違う天音が見られて楽しかったな」

「ど、どういう意味？　今日の私、なんか変？」

天音は赤く染まった頬を慌てて両手で押さえながら言った。

「違うよ。みんなに頼られるしっかり者の繚蘭会長もさ、やっぱ普通の女の子なんだなって……」

「それって……褒めてるの？」

戸惑いながら聞いてきた天音に、俺は大きく頷いて見せた。

「もちろん」

「そ、そっか……ありがと」

照れているのか、そっぽを向いたまま、天音はつぶやいた。

広い公園内は、ちょっと歩いただけで人通りもまばらになり、さっきまでの賑《にぎ》やかな騒ぎが嘘《うそ》みたいに静かだった。秋の風にそよそよと揺《ゆ》れる木々の音だけが耳に流れ込んでくる。

天音はてくてくと俺の少し先を黙って歩いていた。それから急に立ち止まると、俺を振り返る。

「あ、あのね、えっと、その、デートだし、やっぱりこれデートだから、ああいうのって……したほうがいい？」

「あ、あれって、ええっ⁉」

天音が視線を向けた先には、俺たちと同じように公園内を散歩しているカップルがいた。ただ、俺たちと違うのは、男の方は女の子の腰、というかもはやお尻《しり》に手を回し、女の子の方は自力で立つ気はないでしょうってくらい男の肩にもたれかかっていた。

「で、でも、歩きにくいと……思うな」

びっくりし過ぎて、俺はわけのわからないことを言ってしまう。

「なによ！　嫌なの!?　だってちっともデートっぽくないじゃない、今のままだと」

「そうかな……充分デートっぽいと思うけど……」

「そ、そうなの？　そうなのかな……もっと特別な感じなんだと思ってたのに……」

ふくれっ面《つら》になったかと思えば、今度はしょんぼり顔でうつむいてみたり、今日の天音はころころと目まぐるしく表情を変え、どこか迷走してる感じがした。

そうだよな。好きな人じゃなくて、ニセの婚約者とニセのデートをするなんて、誰だって戸惑うよな。

そう感じた俺は、天音をもっと楽にしてやれるような言葉を探した。

「天音、特別な感じっていうのはさ、特別な人とデートするからそうなるんじゃないのかな」

「えっ？」

天音は瞳を大きく開きびっくりしたような顔で俺を振り仰いだ。

「だからさ、もっと普通っていうか……気軽にっていうか……いつもみたいに楽しく過ごせばいいんじゃないかな。だって、俺はニセの恋人なんだから」

瞬間、天音の瞳が悲しみに支配されたように、大きく揺れた気がした。

「……天音？」

「……うん、そう……」

「え？　なに？」

今にも消え入りそうな声を聞き逃さないように、顔を近づけ、天音の瞳を覗き込む。

すると、その瞳からぽろぽろと涙がこぼれ落ちた。

「あ、天音？　どうしたんだ？」

「うん、そうだよね、恋人の……フリだもんね、わかってるわ。やだっ、私、ごめん、別に、なんでもないから……」

頬を伝う涙を拭《ぬぐ》いながら、天音は無理やり笑顔を浮かべようとしていた。

「なんでもないことないだろ？」

「……ほんとに、なんでもないの」

天音の声は震えていた。

「天音……」

名前を呼ぶことくらいしかできない自分がもどかしい。

なんでもないなんて、そんなの嘘だ。でも俺にはそれくらいしかわからない。わからないから慰《なぐさ》めの言葉もみつからない。

「ごめん……俺……何もしてやれなくて……でも……楽しかったよ。上手《うま》く言えないけど……俺は今日、天音とデートできて楽しかったよ」

「……私こそ……ごめんね。もう、大丈夫だから」

天音はもう泣いてはいなかった。俺を見上げながら、にこりと微笑む。だけど、無理してるんだって、すぐにわかった。傾きかけた夕陽《ゆうひ》に照らされた天音の笑顔は、あまりにも痛々しかった。


「今日はありがとう」

帰り際、天音は笑顔でそう言ってくれたけど、どうにも落ち着かなかった。天音の痛々しい笑顔が目に焼き付いて離れない。ベッドに入ってはみたものの、いっこうに眠れそうにない。俺はマックスを起こさないようにそっと部屋を出た。

誰もが寝静まった寮は静かだった。

一階にある談話室へと降りていくと、カーテンの隙間《すきま》から青い月明かりが差し込んでいた。

「葛木くん？」

急に声をかけられて、俺はビクッと肩を震わせる。見れば、月明かりのもとに稲羽の姿があった。談話室の片隅《かたすみ》にあるソファに座り青い光を浴《あ》びた稲羽は、儚《はかな》げで、すごくきれいで、思わずどきっとした。

「稲羽、こんな時間になにしてるんだ？」

「葛木くんこそ、どうしたの？」

お互いに見つめあう。しばらくして、どちらからともなく笑いがこぼれる。瞬間、俺と稲羽のあいだに、心地よい空気が生まれた。

どうしてだろう、稲羽と一緒にいると、こんなにもホッとするのは……。

俺は稲羽の隣にどかっと座ると、薄暗い室内を見つめた。

「……葛木くん、なんか……いつもと違うね」

稲羽の声が優しく耳元で響く。

「稲羽こそ……」

『すごくきれいだよ』と言いそうになって、俺は慌てて言葉を飲み込んだ。

「どうしたの？」

「え？　あっ、いや……」

　ふと横を見ると、稲羽の真剣な眼差《まなざ》しとぶつかった。どこまでもまっすぐな瞳に吸い込まれそうになる。その瞳に引き寄せられるようにして、気がつけば俺は、昼間、天音とのあいだに起きたことを話していた。

「……なんかいつもの天音と違うから、もっと楽しめるようにと思ってさ。俺はニセの恋人なんだから、もっと普通にしてればいいんじゃない……って言ったら」

「言ったら？」

「泣いちゃったんだ、天音……」

　稲羽にすべてを話した俺は、さっきまでざわざわとしていた心が、少しずつ落ち着きを取り戻していくのを感じていた。

「やっぱ、なんか悪いこと言ったのかな。俺、全然わかんなくて……」

　言いながら稲羽を見た俺は、一瞬、何が起きているのかわからなかった。稲羽の瞳からきらりと光る大きな粒がこぼれ落ちる。

「……稲羽？」

　真《ま》っ直《す》ぐに前を見据《みす》えた稲羽の瞳から、いくつもの涙がこぼれ落ちていく。こぼれ落ちた涙が自分の手の甲《こう》に当たり、そこで稲羽は初めて自分が泣いていることに気づいたみたいだった。

「……んっ、ご、ごめん、私……」

とっさに涙を拭いながら立ち上がる稲羽。

「稲羽？　どうしたんだよ？」

「……もう寝るね」

俺の方を見ようともせずにそう言うと、稲羽は逃げるようにして談話室を出ていってしまった。

どうして……。迷子の子供のように途方《とほう》に暮れた顔で泣いていた天音。深い悲しみに飲み込まれたみたいに、ただぽろぽろと涙をこぼしていた稲羽。どうして……俺が傷つけたのは間違いない。どうしてなのか……どんなに考えてもわからない。どうして……

頭の中で同じ言葉ばかりが繰り返される。

たった一日で、世界の全《すべ》てが変わってしまった、そんな気分のまま俺は眠ることなく朝を迎えたのだった。

第7章

誕生日:3月14日
血液型:A型
身長:142cm
体重:39kg

MEGUMI
HAYAKAWA

『limelight《ライムライト》』のシフト表と睨《にら》めっこをしながら、俺は覚悟《かくご》を決めた。

今日のシフトなら、閉店時間を過《す》ぎれば俺と稲羽《いなば》、それと天音《あまね》の三人だけになるはずだ。そのときに、聞いてみよう。

俺の出した答えは単純だけど、一番手っ取り早い方法に思えた。

悩んでいても何も解決はしない。わからないなら、ふたりに直接聞けばいい。

それが俺が出した答えだった。

そうして意気込《いきご》んでいったのだが、閉店時間を過ぎて、すべての片づけが終わると、俺が言い出すよりも先に、天音が俺を呼び止めた。

「大事な話があるの」

天音の隣《となり》には稲羽もいる。ふたりともすごく真剣で、ぴんっと張りつめたような緊《きん》張感《ちょうかん》が伝わってきた。

大事な話って……やっぱりこの前のことだよな。なんで泣いたのか、ちゃんと理由を聞いて謝ろう、覚悟は決めていたものの、謝って済むような問題じゃないかもって思うくらい、ふたりの表情は深刻で、俺の不安は膨《ふく》らんでいくばかりだった。

「私と天音ちゃん、どっちにとっても大事な話なの」

「……はい」

ふたりの気迫に押されて、俺の背筋がビシッと伸びる。そんな俺の前で、ふたりはなにか小声で話していたかと思うと、お互い顔を見合わせて、深呼吸をするように大きく頷《うなず》いた。

「葛木《かつらぎ》くん、あのね」

稲羽が一歩前に踏み出すと、俺を信じられないくらい真《ま》っ直《す》ぐに見つめながら口を開く。

「私は、葛木くんを男の子として意識していて……お友達となんか違ってて……だから、あの……葛木くんのことが好きです！」

ぽかんと口を開けたまま、俺は立ちつくしていた。一瞬、何を言われているのかわからなかった。頭の中が完全に真《ま》っ白《しろ》になる。

「あ、あの！　葛木くん！」

天音の声ではっと我に返る。

「あの、私も……私も葛木くんが好き……です！　男の子として……葛木くんのこと見てて……その……だから、す、好きです！」

真っ白だった頭がぐるぐると回って眩暈《めまい》すらおぼえるような状況に陥《おちい》る。パニック、混乱、驚愕《きょうがく》、衝撃……どんな言葉も当てはまらない、俺の頭の中は想像を遙《はる》かに超《こ》えた状態にあった。

「答えを早く出して欲しいなんて思わないから……私たちの事、ゆっくり考えてくださ
い」

顔を真っ赤《まっか》にした稲羽が言った。

「本当にごめんなさい、突然で……でも、ふたりで答えが出るの待ってるから」

思い詰めたような表情で天音が言った。

ふたりは言葉もなくただただ立ちつくしている俺を残して、『limelight』を出ていった。その後ろ姿を見つめながら、ようやく完全停止していた頭の中の回路が動き出す。

謝らなきゃと思っていたのに……ふたりを傷つけたと思って……まさかこんな展開が待っていたとは……これは喜んでいいことなんだろうか。

こんな風に女の子から告白されるなんて初めてのことだった。

普通だったら喜んでいいんだろうな。でも……。

ふたりの泣き顔が思い出される。

よく考えなきゃ。じゃなきゃ、また傷つけてしまうかもしれない。なによりも真剣に、考えなきゃ。ふたりのためにも、そして俺のためにも……。

この学園へ来てから、稲羽と、そして天音と過ごした時間を思い出す。

楽しいと思ったり、嬉《うれ》しいと思ったり、いろんな瞬間があったけど、めまぐるしく過ぎる日々の中で、時折感じていた説明のつかない感情。切なくて、苦しくて、でも決して嫌じゃない……。

そこまで考えて俺はやっと気づいた。

もう、ずっと前から、答えは出ていたんだ。


「ごめん」

「謝らないでよ。私、大丈夫だから」

天音はしっかりと俺の目を見つめて言った。

「結衣《ゆい》には？　もう言ったの？」

黙《だま》って首を横に振ると、天音は俺の肩をバシッと叩《たた》いた。

「だめじゃない。早く行ってあげて。私のことなんか後でよかったのに。早く行って、ちゃんと伝えてあげて」

こんなときさえも、人のことばかり考えている天音はすごいと思った。

「ちゃんと結衣のことだけを見つめてあげて」

最後まで天音は明るい口調だった。

誰《だれ》もいない教室で、俺は天音の言葉を思い出していた。

「葛木くん！」

肩で息をしながら教室に駆け込んできた稲羽は、胸を手で押さえ息を整えながら俺の前に立つ。俺は壁に寄りかかっていた体を起こした。

「ちゃんと、考えてくれた？」

頷くと、稲羽がこくっと息を飲む音が聞こえた気がした。

「俺は……」

稲羽の瞳《ひとみ》はどこまでも真っ直ぐに俺を見つめている。稲羽の溢《あふ》れるような気持ちが、自分自身に注《そそ》がれているのを感じた。胸の奥が熱くなる。

「俺は稲羽が好きです」

瞬間、稲羽は瞳を潤《うる》ませ、眩《まぶ》しいくらいきれいに微笑《ほほえ》んだ。でも、すぐに俺から視線を逸《そ》らすと、小さな声でつぶやく。

「……天音ちゃんには……もう……」

「言ったよ」

はっとしたように顔を上げると、稲羽は困ったような眼差《まなざ》しを俺に向ける。俺は稲羽が何を考えているのかすぐにわかった。

「天音のことが心配？」

「……葛木くんに好きって言ってもらって、嬉しいはずなのに……」

そこで稲羽は首を横に振ると訴《うった》えるような口調で言った。

「ううん、嬉しい。今、私、すごく嬉しい。でも、天音ちゃんのことが気になって、どう喜んでいいのか……」

俺も同じ気持ちだった。今、ここで稲羽の顔を見るまでは……。でも、もう俺にはどうすればいいかわかってる。

不安そうに俺を見上げる稲羽。そんな稲羽を選んだ俺。その俺に『ちゃんと結衣のことだけを見つめてあげて』と言ってくれた天音。三人の交錯《こうさく》する想《おも》いが、俺がするべきことを、教えてくれる。

それは、これからはもう稲羽にこんな顔をさせちゃいけないってことだ。

「天音は俺たちのことを応援してくれるよ。俺は信じてる。だから俺は稲羽を大事にする。どんなときも守ってみせる。それが天音の気持ちに応《こた》えることにもなると思うから……。稲羽もそう思うだろ？」

稲羽は穴の開きそうなくらい俺を見つめていた。そこに自分が信じるべき何かを探すように……。

それから稲羽は小さくこくっと頷くと、ようやく思い出したように頬《ほお》を染めた。

「そうだね。私も葛木くんが好き。誰よりも……好き。とっても大事な人……だよ」

真っ直ぐに見つめられ、そう言われた俺は、顔がかっと熱くなるのを感じた。今さらだけど、俺は照れていた。

「稲羽……」

胸がつかえてうまく言葉が出てこない。

伝えたいことはたくさんあるのに、想いはこんなにも強いのに……。

そこまで考えて俺は、自分が思っている以上に、稲羽のことを好きになっていたんだってことに初めて気づき、そして驚いていた。

「結衣……って呼んでみて」

「結衣……」

「……晶《しょう》くん」

どちらからともなく、触《ふ》れあう指先。俺は指を絡《から》ませぎゅっと稲羽の手を握《にぎ》る。しっかりと握り返してくれた稲羽の顔に、もう不安の色はない。俺と目が合うと、ちょっとだけ目を伏せ照れたように笑う。そんな稲羽がとても愛《いと》おしかった。

本格的に繚蘭祭《りょうらんさい》の準備期間に入った学園では、誰もが忙《せわ》しなく準備に追われていた。俺と結衣も繚蘭会《りょうらんかい》による出張limelightの準備で忙しかったが、天音が気を遣ってくれて、ふたりだけの時間をもてるようにしてくれた。

その日は休日で、他のみんなは朝から準備で駆け回っていたけど、天音から俺と結衣は夕方の打合せにだけ出ればいいと言われたので、午前中ちょっとだけ出かけてきた。

出かけるといっても、新装開店《しんそうかいてん》のスペシャルメニューが食べられるという新しく出来た喫茶店に行ってきただけなんだけど……。

それでも、休日でにぎわう街を結衣と手を繋《つな》いで歩くってだけで、俺は楽しかった。

どこかまだ照れくさい気持ちと、これ以上ないってくらい幸せな気持ちが入り交《ま》じって、自然と足取りも軽くなる。結衣と一緒ってだけで、道行く人々も、紅く色づき始めた街路樹も、お店の看板さえも、ひとりだったときとは違って見える。

だから俺は結衣が気がつくまで、その存在にまったく気づかなかったのだ。

「あっ、会長さんだ！」

それは商店街を抜け、ひとけの少ない道に差し掛かったときだった。結衣の指《ゆび》さす方を見ると、そこに生徒会長がいた。

うわっ、あの人にだけは会いたくなかった……。

俺の気持ちとは裏腹《うらはら》に、結衣の声でこっちを振り返った会長は、ニコニコしながらこっちに向かって手を振ると、大きな声で言ったのだった。

「しょーくーん、結衣ちゃーん、もしかしてデート？　お熱いね～」

結衣は顔を真っ赤にしながら俯《うつむ》いた。

こんなときになんだけど、その仕草《しぐさ》がやけに可愛《かわい》くて、俺は思わずぎゅっと抱きしめたくなってしまった。

「もー、転校生同士で仲良くなっちゃって。どうなの？　うまくやってる？」

会長は俺にだけ聞こえる声で言うと、肘《ひじ》で俺の脇腹《わきばら》を小突《こづ》いた。

「な、なんで知ってんだよ!?」

「俺はしょーくんのコトならなんでも知っているのだよ」

そう言って、ニタニタ笑いを浮かべる会長。ふと、その手元に視線を落とすと、会長は何かの装置のようなものを持っていた。

「それ、何ですか？」

「ああ、これ？　これは花火を制御するための装置だよ。パーッと派手《はで》なやつをあげるために、これから設置しに行くんだ」

言いながら、その装置のせいで両手がふさがっていた会長は、俺たちが来た方向とは反対の方向を顎《あご》で指《さ》す。その方角にあるのは、この島と本土を繋いでいる橋へと向かう林道だけだった。

「わー花火！　すごーい！　橋の上から打ち上げるんですか？」

俺の隣ではしゃぐ結衣の言葉で、俺は思いだした。

というか、これ、この会長が持ってる装置。どこかで見たことがあるような気がすると思ったら、俺がこの学園に来た日に、俺が爆発させた機械じゃないか！

それに気がついてしまった俺は確かめずにはいられなかった。

「そ、それ……安全なのか？」

「あはははー！　大丈夫なんじゃないのー！　今回は！」

「今回は!?」

驚いて聞き返す俺に、会長は自慢《じまん》げに話す。

「ここ、このボタン。これは不審者対策のためについてる自爆《じばく》ボタンなんだけど、ほらっ、ちゃんとカバーがついてるでしょ？　だから間違って押しちゃって爆発！　な～んてことにはならないから大丈夫！」

そうか、俺が押したのは自爆ボタンだったのか。ボタンを押した瞬間、俺は宙高く舞い上がって……それからどうしたんだっけ？

爆発のショックのせいか、けっこう最近のことなのに、なんだかもう遠い昔のことみたいに俺の記憶はもやもやしていた。

あっ、でも、会長に会ったことは鮮明《せんめい》に覚えてるぞ。あのとき会長に会いさえしなければ、俺はあんな爆発に巻き込まれることもなかったんだ。

そう思って、俺は聞いてみた。

「そういえば、あのとき、俺に押しつけていったものって何だったんですか？」

「しょーくんに初めて会ったときって、垂れ幕で大歓迎したときの事？　何か渡したっけ？」

「いやっ、そうじゃなくて、橋の上で会ったとき、データがどうのこうのってUSBメモリみたいなもの渡して、その装置に突っ込んでって言ったでしょ」

「ん？　確かに俺が必死に考えた素敵《すてき》な花火のデータをプログラムに混ぜたのが天音達にバレて、仕方ないから直接こっそり設定をしに行こうと思って橋の上には行ったけど……なんで、それをしょーくんが知ってんの？」

「なんでって、そこで会長に会ったから」

眉間《みけん》にしわを寄せ首をひねる会長は、嘘《うそ》をついているようにも、とぼけているようにも見えなかった。

「そういえば晶くんって、橋の近くの茂《しげ》みに倒れてたんだよね」

結衣の言葉を聞いて、会長の顔が少しだけ青ざめた。

「倒れてた？　もしかして、あの爆発のせい？」

「やっと思い出しました？　あのとき、あの爆発のせいで俺は……」

するど会長は俺の言葉を最後まで聞かずに、渇《かわ》いた笑い声を上げる。

「ははは、そっかー、しょーくん近くにいたんだー。わるい、わるい。ちょこっとボタン押し間違えちゃってー、まさか自爆ボタン押しちゃうとは思わなかったんだよなー。でもしょーくんは巻き込まれただけでしょう？　俺なんて爆発のど真ん中にいたんだから、そりゃもうビックリしたビックリした！」

「え？　あのボタン押したの……俺……でしょ？」

「ん？　そういうことにしてくれるなら、もっと前に言って欲しかったなあ。そうしたらみんなにあんなに怒られなくてすんだのにー」

会長の話は俺の記憶と完全に食い違っていた。だからって、やっぱり会長が嘘を言っているとも思えない。

爆発させたのを俺のせいにするならともかく、会長が自分でやったって言ってるんだから、そんな嘘ついたところで会長には何の得にもならないもんな。きっと俺の記憶が、爆発のショックで色々と混乱しているのかも。

「晶くん？」

ずっと黙っている俺を、結衣は心配そうに見上げていた。

「あっ、ううん、なんでもないよ」

安心させるように笑ってみせると、結衣もほっとしたように微笑んだ。それだけのことだけど、俺たちのあいだには優しい時間が流れる。それがなにより心地良い。目の前にいる人の存在を忘れてしまうほど……。

「まっ、見つめあっちゃったりして！　もしかしてお兄さんはお邪魔かな？　そうですか、そうですか。では早々に退散しますよ。じゃあ、またねー！」

一方的にまくし立てるように言いながら立ち去る会長。その後ろ姿を見送る結衣は、真っ赤になって照れていた。そんな結衣を見ている俺は、たぶん結衣以上に真っ赤になっていたに違いない。

その日の夜、マックスとすずのが出掛けてしまったので、俺と結衣は俺の部屋でおやつパーティーを開催していた。

パーティーっていっても、ふたりが隠し持ってるお菓子を持ち寄って、一緒に食べるだけだけど……。

俺はそんな他愛もない時間が楽しくて仕方がなかった。結衣が一緒ってだけで、どんな些細《ささい》なことでも『特別』に思えてくる。

「また新作を見つけちゃいました」

結衣は言いながら、自分が持ってきた紙袋を覗《のぞ》き込《こ》む。俺はクローゼットの奥から、お菓子がいっぱいつまった袋を引きずり出した。

「俺も新しいの仕入れたんだ。ぷりっすの秋限定こがしモンブラン味」

「あー！　一緒だ」

見れば結衣も俺と同じお菓子の箱を持っている。

「なんか気が合うね～」

「そうだな」

頷きながら俺はぺたんと床に座っている結衣の隣に座った。嬉しそうに微笑んでいる結衣の頬が少しだけ赤く染まる。

「そうだ。はいっ」

結衣が箱から出したお菓子を俺に差し出した。それを俺が受け取ろうとすると、結衣は小さく首を横に振った。

「そうじゃなくて……あの……えっと……あーん……って……」

「え？　あっ、うん、あーん」

結衣につられて口をあーんと開けると、結衣がお菓子を食べさせてくれた。

「美味《おい》しい？」

「んっ、うん」

「こういうの、してみたかったんだ」

照れたように笑う結衣の横顔が、すぐ近くにあって、どきどきした。自然と視線が結衣の唇《くちびる》へと向かう。俺の心臓は口から飛び出しそうなほどばくばくしていた。

キスとか……したいな。

そっと顔を近づけてみると、結衣はちょっとだけびっくりしたような表情をした。でもすぐにそっと目を閉じると、その細く白い首を傾《かたむ》けた。

これって、やっぱり、いいって事だよな。

俺は手を伸ばすと、静かに結衣の頬に触れる。結衣は少しだけ肩を震わせたけど、目は閉じたままだった。俺は自分の唇を、結衣の唇に重ねた。

ほんの一瞬、触れただけの短いキス。

「結衣……」

名前を呼ぶと、結衣はゆっくりと目を開けた。とろんと潤んだ瞳で見られて、俺はもう一度吸い寄せられるように顔を近づける。

そのとき、結衣のぷるんとした唇が動いた。

「なんか……落ちてる……」

「え？」

結衣の視線の先には、一枚の紙が落ちていた。近づいて見ると、それは親父《おやじ》からここへ来る日に渡された写真だった。たぶんクローゼットからお菓子を出したときに落ちたんだろう。俺は慌《あわ》てて、写真を拾い上げると背中に隠した。

「……な、なんでもないよ」

だって、親父とのツーショット写真を大事に持ってるなんて恥ずかしすぎるもんな。

「え？　どうして？　何か写真みたいだったけど……」

結衣は言いながら俺の背中を覗き込む。

「本当に、なんでもないって」

すると結衣は怒ったように頬を膨《ふく》らませながら、ぷいっと俺から顔を背けた。

「ゆ、結衣？」

「……見せられないなんて……誰か女の人の……写真とか……そういう……」

「ち、ち、ち、違うよ！」

俺はちぎれそうなくらい首をぶんぶんと横に振る。

もしかして、これって、やきもち？

そう思った途端《とたん》、つんとそっぽを向いた結衣が、とても愛おしく見えた。

「違うって。これは俺と親父の写真で……。親父と一緒に写ってる写真なんて持ってたら恥ずかしいから……だから……」

「え？　晶くんのお父さん？　見たいー！　見せて、見せて」

「み、見たいの？」

結衣の機嫌《きげん》はすっかり元に戻っていた。

「晶くんのお父さんがどんな人なのか知りたいもん」

「別にどんなって、刑事してるくらいで、あとは普通だよ」

「うわー刑事さんなの？　かっこいいー！　ねぇ、早く見せてよお！」

きらきらと輝く瞳でせがまれ、俺は渋々《しぶしぶ》ながら結衣に写真を渡した。

「別にかっこよくなんかないから。普通のおっさんだからね」

「でも晶くんのお父さんだもん。かっこいいに決まって……」

写真を受け取った結衣の動きが止まる。固まったように写真を凝視《ぎょうし》している。うちの親父って、こんなにショックを受けるくらいかっこわるかったのか……。結衣のこの反応……やっぱ親父には黙ってた方がいいよな……。

「なっ、だから、別に普通だって言っただろ？　ってか、普通よりもひどかった？」

「え？　ち、違うよ！　か、かっこいいよ！　さすが晶くんのお父さんだよねー」

慌てて否定する結衣に、俺は苦笑する。

「いいって、無理しなくても。確かにドラマの中の刑事とかはかっこいいけどさ、あれはドラマだからで、うちの親父は普通のおっさんだし」

「そ、そうじゃないよ。そうじゃなくて……」

結衣は力なく首を横に振ると、再び写真に視線を落とした。

「結衣？　どうした？」

「……ごめん……ちょっと……わたし……」

そこで結衣は俺に写真を渡すと、すっと立ち上がり、俺に背を向けた。

「……部屋……戻るね」

「結衣？」

俺の呼びかけに結衣は振り返りもせず、部屋を出ていこうとする。その様子は明らかにおかしくて、そんな結衣を俺はどう引き止めていいのかわからなかった。
ぱたんと静かにドアが閉まり、部屋には途方に暮れた俺だけが残される。俺はただ、結衣がいなくなったドアをじっと見つめることしか出来なかった。

「………はぁ」

誰もいない談話室に、俺のため息だけが響く。あの日から、結衣は俺を避《さ》けるようになった。会えば笑顔で挨拶《あいさつ》してくれるし、話しかければ答えてくれる。でも、どこかぎこちなくて、俺のことを避けているとしか思えなかった。
何か悩んでるんだったら言ってくれればいいのに……。
こんなところで、ひとりため息をこぼすことくらいしかできない自分が、あまりにも無力で、不甲斐《ふがい》なくて、情けなくなる。

「あっ……」

聞き慣れた声に俺は椅子《いす》をガタッと鳴らして立ち上がった。

「結衣……」

「あ……え、えっと、あの……」

俺は慌てて結衣に歩み寄ると、困ったように俯いて談話室を出ていこうとしていた結衣の腕を掴《つか》んだ。

「しょっ、晶くん？」

「話があるんだ」

「お、お話？」

「うん。大事な話……」

俺は戸惑う結衣を椅子に座らせると、その隣に座った。

「結衣……何があった？」

「な、何も……」

俺から顔を背け、俯いた結衣は、すごく小さく見えた。

「何かあったんだろ？　だって、ここのところの結衣、いつもと違うし……」

「違くなんかないよ」

「じゃあ、どうして俺の事見てくれないの？　俺の事、嫌いになった？」

「そんなことない！」

弾《はじ》かれたように顔を上げ、やっと俺のことを見た結衣は、見ているこっちが苦しくなりそうなほど、思い詰めた目をしていた。

「やっと俺のこと見てくれた」

固く閉ざされた結衣の心を解《と》かすように、俺は笑って見せる。

「晶くん……」

「俺、結衣の力になりたいんだ。俺が出来ることなら、何でもしてやりたいんだ。例え何も出来なかったとしても、結衣が苦しんでるなら、俺も一緒に苦しみたい」

「……晶くん……」

結衣の顔が泣きそうになる。俺は結衣の髪を軽くぽんぽんと撫《な》でた。

「大丈夫、大丈夫だから。俺はどんなことがあっても結衣を……結衣だけを見てるから……」

するると結衣の瞳からぽろぽろと涙がこぼれ落ちた。

「……んっ……ご、ごめん……ね……でも、いいのかな……晶くんに言っても、いいのかな……わからない……わからない、よ……うっ……晶くん……」

溢れる涙を拭《ぬぐ》うことも忘れて必死に話す結衣を、俺はしっかりと見つめる。

「ゆっくりでいいから。結衣が話せる事だけでいいから、俺にも教えて……」

結衣はしばらく俺を見つめていた。そうしているうちに落ち着いてきたのか、大きく深呼吸をした結衣はもう泣いてはいなかった。

「晶くん、話すよ。本当は、いつか晶くんには話さなきゃいけないと思ってた。でも、怖くて……話せなかった」

言って結衣は目を伏《ふ》せた。

「結衣……俺を見て。俺を信じて。俺は結衣の全部を受け止めるから」

再び視線を上げた結衣は、こくりと頷いてから口を開く。

「あのね……晶くんのお母さん……名前なんていうの？」

「母さん？　『緑《みどり》』……だけど……」

母さんの名前を口にした瞬間、結衣の表情が強《こわ》ばる。

「でも俺が物心つく前に死んじゃったけどさ……」

「違うの！」

結衣は叫ぶようにそう言うと、驚く俺の両腕を摑んだ。

「晶くんのお母さん死んでなんかいないの！」

「え？」

「まだ生きてるの！　離婚しただけで、再婚して……それで……」

「……生きてる？　母さんが生きてる？」

信じられない思いで、結衣を見つめる。結衣の目は真剣だった。それが冗談でも嘘でもないことを物語っていた。

「私の……お母さんなの……。離婚して、今のお父さんと再婚したの。私とお父さんの血が繋がっていないっていうのは知ってるよね？」

俺は声に出さず頷いた。

「私の本当のお父さんは、お母さんが前に結婚していた人で、晶くんが持ってた写真の人……あの人が私のお父さんなの」

「……つまり……それは……」

頭の中を整理しようと思っても、混乱して思考がついていかない。

「私、前にお母さんから聞いたことがあって……あなたには本当は双子のお兄ちゃんがいたはずなのよって……。晶くんの誕生日、私と同じ日だよね？」

俺が頷くと、結衣は苦しげに俯いた。

「……だから私たち……多分……兄妹………だと思う……」

俺と結衣の父親と母親が一緒？　それで誕生日が同じで、年も同じで、だから俺たちは兄妹かもしれないだって？

すべてが初めて聞くことだった。親父はそんなこと一言も言っていなかった。

幼い俺を傷つけないために、嘘をついていたとでも言うのか？

「……私……こんなに晶くんのこと好きなのに……でも双子かもしれなくて……だから

ダメなのかもって……好きになっちゃいけないんだって……こんなに……晶くんの事、好きなのに……」

何を言えばいいのかわからなかった。

親父が離婚していた。母さんが生きていた。突然目の前に突きつけられた真実かもしれない現実に、俺は戸惑っていた。その一方で、ありえない話じゃないと冷静に判断できる俺もいた。ただ、ひとつの事だけが、俺の心を引き裂いた。

どうして……どうして結衣なんだ……。なんで結衣じゃなきゃいけないんだ。双子の兄妹……どうして……なぜ……結衣が……。

結衣の瞳から再び涙がこぼれる。あとからあとから流れるその涙を、俺は拭うことも出来ず、ただじっと見ていた。抱きしめて、大丈夫だって言ってあげたくても、突然そのすべてがしてはいけない事のように思えた。

俺たち二人の様子がおかしいことに、天音はすぐに気づいた。自分たちだけではどうにもできない思いをぶつけるように、俺はすべてを天音に話した。誰かに話せば、二人で悩んでいるよりも、楽になれるような気がしていた。でも、事態は最悪な方向へ向かっていた。

天音の提案で、俺と結衣はマックスにDNA鑑定をしてもらうことになった。簡易的ではあるらしいが、血縁の有無くらいなら可能だというその検査で、恐ろしいことに俺と結衣のDNAは一致《いっち》してしまった。

「……手は……繋いでもいいのかな」

結衣は空を見上げながら言った。

俺たちは学園の屋上《おくじょう》にいた。屋上にいるのは俺と結衣のふたりだけ。どちらが行こうといったわけでもない。ただ、自然と俺たちは人目につかない場所を選んでいた。二人でいることが後ろめたかった、自分たちはいけないことをしている、俺も、たぶん結衣も、そんな風に思っていた。

結衣の手を握ると、微《かす》かに震えているのがわかった。

「……離したくないな。ずっと……こうしていたいな」

「俺だって……」

強く手を握り、その肩をきつく抱きしめ、そしてキスしたい。恋人同士なら当然のこと。でも、俺たちにとってはそれが罪となる。

「でも……もうしちゃ、いけない事なんだよな……」

「……うん……わかってる……」

結衣の暗く哀《かな》しげな声が胸に突き刺さる。それなのに、こんなにすぐ近くにいるのに、俺はどうしてやることも出来ない。頭の中では同じ言葉ばかりが繰り返される。

どうして結衣なんだ……。

目を閉じて、結衣の手の温《ぬく》もりを感じながら、神様を呪《のろ》う。そうやって誰かのせいにしたところで、どうにもならない。

残酷すぎる現実を前にして、俺たちはあまりにも無力だった。

第8章

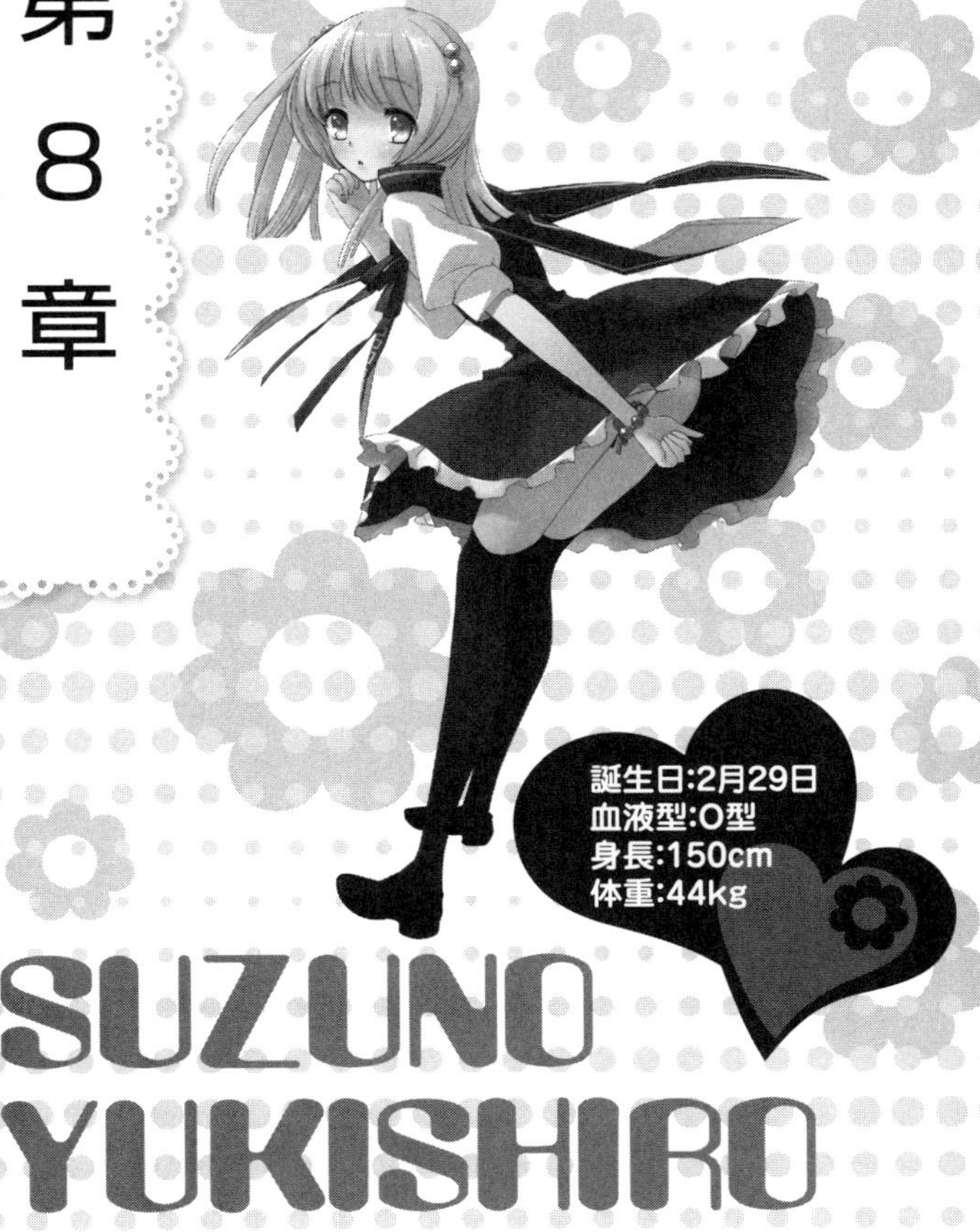
誕生日:2月29日
血液型:O型
身長:150cm
体重:44kg
SUZUNO
YUKISHIRO

時々どうしようもなく結衣《ゆい》の姿を目で追ってしまう。そんな時には決まって結衣も俺の方を見ていて、俺たちはどちらからともなくそっと目を逸《そ》らすのだった。

心の整理なんてつくはずもなく、どこか宙ぶらりんな状態のまま、ただいつも通り生活して行こうと必死になっている自分がいた。そんなぎこちない日々を過《す》ごしているうちに、気がつけばもう繚蘭祭《りょうらんさい》の当日になっていた。

「今日は何もかも忘れて、ふたりで楽しんできなさい」

天音《あまね》は出張limelight《ライムライト》のシフト表を破《やぶ》り捨《す》てながらそう言うと、俺と結衣の背中をぽんと押してくれた。天音から話を聞いた桜子《さくらこ》やマックスが、俺と結衣が初めての繚蘭祭を楽しめるように協力してくれたらしい。

まるでふたりだけが暗い渦《うず》の底で彷徨《さまよ》っているみたいな気分だったけど、たぶんみんなも俺たちのためにいろいろ悩んでくれたんだろうと思うと、俺は少しだけ救われた気がした。

「今日はもう、ややこしい事考えるのやめた」

言いながら結衣の手をぎゅっと握《にぎ》ると、結衣は笑顔で頷《うなず》いた。

「うん、そうだね」

久しぶりに見る結衣の笑顔だった。

学園内はすごく賑《にぎ》やかで、学生だけじゃなく小さな子供を連れた家族連れなんかも来ていて、幸せそうな笑い声で溢《あふ》れていた。

そんななか、結衣が俺の手を引っ張るようにして、嬉《うれ》しそうに歩いてる。たったそれだけのことが、今はとても幸せに感じられた。

「しょーくんさん、ゆいちゃんさん！　いらっしゃいませ！」

展示ブースの前を通りかかると、ぐみちゃんに呼び止められた。

「夢のタイムマシン体験はいかがですか？」

「タイムマシン体験？」

結衣と同時に聞き返しながら、ふと横を見ると、人がひとり入れるくらいのダンボールに、油性マジックで『タイムマシン』と書いてある。

「くるりんが開発し、完成させた、正真正銘《しょうしんしょうめい》のタイムマシンです！」

「えー！　本当？　すごい、すごーい！」

「なんとこれに乗ると、乗った時間から五分だけ未来に行けるのです！」

う、うさんくさい……ものすごーく、うさんくさいんですけど……。

と思っている俺の隣《となり》で、結衣は瞳《ひとみ》をきらきらと輝かせ、素直に驚いていた。

「ゆいちゃんさんも、しょーくんさんも、夢のタイムマシン体験してみますか？」

「したいしたい!!」

興奮した様子ではしゃぐ結衣とは違って、俺は戸惑《とまど》いを隠せない。

「い、いや、俺は……」

「しょーくんさんは開発に大きく貢献《こうけん》したのですから、遠慮《えんりょ》はいりませんよ！」

「貢献？　俺、何もしてないけど……」

「しょーくんさんは何もしてなくても、しょーくんさんの存在がすごーく貢献してるんです。くるりんもとっても感謝してましたよ」

九条《くじょう》が俺に感謝？　そんなこと、絶対ありえな……って、あっ！　そういえば、一時すごく九条の態度がおかしいことがあったっけ。でも、あれが感謝を表す態度か？　俺には何かの罠《わな》のようにしか思えなかったけど……。いやっ、でも九条なら、ああいう感謝の仕方もありえそうな……。

「晶《しょう》くんが貢献してるなんて知らなかった！　すごーい！　かっこいい！　やっぱ晶くんってすごいんだね！」

「……ははは、そ、そうかな」

結衣から尊敬《そんけい》の眼差《まなざ》しを向けられた俺は、とりあえず曖昧《あいまい》な笑いで答える。

貢献なんて言われても、まったく自覚はないが……。まっ、いっか。結衣も喜んでいるみたいだし、細かいことは気にしないでおこう。

それでも俺は、なんとかぐみちゃんと結衣を言いくるめて、タイムマシン体験だけは回避した。そして逃げるように展示ブースを離れると、結衣とふたりでたくさんの屋台を回り、お腹《なか》いっぱい食べて、今日という日をめいっぱい楽しんだ。

楽しいと、時間はあっという間に過ぎていく。気がつけば、一般の見学客の姿はなく、片づけのために残っていた学生達も校舎を後にした。

俺は結衣と繋《つな》いだ手を離せないまま、誰もいない校舎《こうしゃ》でぼんやりと窓から見える夕焼けを眺《なが》めていた。

「楽しかったね」

「ああ、楽しかった」

俺が答えると、結衣は俺の手をぎゅっと強く握り直す。

「私ね……今日ずっと晶くんと一緒にいて、思ったことがあるの」

「……なにかな」

「うん……私……」

見れば結衣はじっと俺を見つめていた。何かを探すように、その瞳を彷徨《さまよ》わせながら、俺だけを見つめている。

それだけで、俺は結衣が何を言おうとしているのか分かった気がした。だから俺は結衣の言葉を待たなかった。

「結衣、俺、結衣が双子の妹だったとしても、やっぱり結衣のことが好きだ。結衣とずっと一緒にいたい。兄妹ならずっと一緒にいられるかもしれないけど、結衣のこと妹だなんて思えない。結衣には恋人として、ずっと俺の隣にいて欲しい」

瞬間、結衣の瞳から大粒の涙がこぼれ落ちた。何度目かに見る結衣の泣き顔。深い哀《かな》しみに覆《おお》われた結衣の泣き顔を見るのは、何よりも辛《つら》かった。でも、今の結衣は、涙をこぼしながらも微笑《ほほえ》んでいた。

「……嬉しい……晶くんも同じ事考えてたんだね。私も一緒……晶くんとずっと一緒にいたい。恋人として……晶くんの隣にいたい。晶くんの事が大好き……」

心臓の音を聞くみたいに、結衣が俺の胸に顔を寄せる。俺は結衣のウエストに腕を回すと、その体をぐっと引き寄せた。

さらさらと流れる髪に顔を埋《う》め、結衣を感じる。俺は、ここに結衣がいるんだってことを、もっと実感したかった。

「結衣……」

「……うん」

名前を呼ぶと、結衣は恥ずかしそうに少しだけ顔を上げた。俺の指先が、その頰《ほお》にそっと触れる。結衣は静かに目を閉じた。

そこに結衣がいるってことを確かめるように、ゆっくりと唇《くちびる》を重ねる。この前みたいに、触れるだけの短いキスじゃない。お互いの体が溶け合ってひとつになる。そんな感覚に陥《おちい》ってしまうような、とろけるほど深く長いキス。

「んぅ……」

結衣の口から甘い声がこぼれる。俺はたまらなくなって、その体をきつくきつく抱きしめる。

離れたくない。たとえどんなことがあっても、この腕で結衣を抱きしめていたい。それが罪だというなら、俺はどんな罰でも受ける。結衣と一緒にいられるなら、結衣がこの腕の中にいてくれるなら、俺は何も怖くなかった。

結衣も自分と同じ気持ちだってことが支えとなったのか、繚蘭祭の三日間はどこか吹っ切れたような気持ちで過ごすことが出来た。そして、出張limelightも予想以上の評価を得て、繚蘭祭は無事に終わった。でも、これからのことを考えると、悩みは尽《つ》きなかった。

俺と結衣が生徒会室に呼び出されたのは、そんな矢先だった。

「……晶くんと結衣ちゃん、双子かもしれないんだって？」

そう切り出した生徒会長の口調は重かった。いつもとは違う会長の真面目《まじめ》な眼差しに、俺は青ざめる。

交際をしているふたりが、兄妹だったなんてことを知らされたら、学園側も倫理的に放《ほう》っておくわけにはいかないだろう。何かしらの処分を受けることになるかもしれない。そうなることも予想はしていたが、思っていたよりも早い生徒会の対応に俺は驚いていた。

「もし処分するなら俺だけにしてください。結衣は……」

「落ち着け葛木《かつらぎ》。お前達を咎《とが》めようとしているわけではない」

八重野《やえの》先輩の冷静な声が俺の言葉を遮《さえぎ》ると同時に、会長がにやりと笑った。

「結論から言っちゃうと、君たちは双子じゃないんだな」

思ってもみなかった言葉に、俺と結衣は顔を見合わせる。

「ちょっとまあ、いろいろあってね、調べさせてもらったんだけど、結衣ちゃんが生まれた病院の記録や看護師さんたちの証言からも、結衣ちゃんに双子のお兄ちゃんはいないというのが結論です」

「でも、マックスくんのDNA鑑定では一致《いっち》して……」

結衣が聞くと、八重野先輩が難しい顔で答える。

「検査で判断されるDNAは全部のパーツを比べているわけではないからな。まったくの別人が一致することもあるにはあるらしい。まあ、天文学的な数字で、現実的ではないが……」

現実的ではなかろうと、なんだろうと、それはつまり、俺と結衣が双子ではないっていうことで、何も気にすることなく、ずっと一緒に結衣といられるってことで……。

そう思って結衣を見ると、結衣は潤《うる》んだ瞳で嬉しそうに俺を仰《あお》いでいた。

「晶くん、私たち……このまま一緒に……」

結衣が言いかけると、八重野先輩がさっきよりもさらに険《けわ》しい表情で口を開いた。

「双子じゃないことは確かなことなんだが、それ以上に少し問題があってな。葛木、お前のことなんだが……」

そこで八重野先輩は、俺に探《さぐ》るような視線を向ける。

「……俺のこと……ですか？」

頷きながらも八重野先輩はその鋭い視線を俺から外さない。その隣にいる会長もまた、いつになく真面目な顔で困惑《こんわく》した表情を浮かべていた。

「単刀直入に聞くよ。しょーくん、君は何者なのかな?」

先に切り出したのは会長だった。俺は聞かれている意味がわからなくて、八重野先輩を見た。

「前の学校の成績証明書を取り寄せようと思って問い合わせたら、お前の在籍記録《ざいせききろく》がなかったんだ」

「え? 何かの間違いじゃ……」

とは言ったものの、八重野先輩の重々しい口調が俺を不安にさせる。

「俺たちも間違いかと思って調べてみたんだ。そうしたら、その学校だけじゃなくて、どこの学校にもお前の在籍記録はなかった」

「どういうことですか?」

俺の言葉に会長が躊躇《ためら》いがちに答える。

「それは……俺たちが聞きたい。在籍記録だけじゃないんだ。住所も、戸籍も……ない。葛木晶……君という人間が生きてきた痕跡《こんせき》が全くない……君は本当は誰《だれ》なんだ?」

会長の視線は真っ直ぐに俺を捉《とら》えていた。ふざけているような目じゃない。本気で聞いている。俺は突然のことに混乱していた。

「ちょっ、ちょっと待ってください。そんなはずないです。だって、ここへの入学許可証だって俺宛《あて》に送られてきて、親父《おやじ》が俺に渡してくれ……って、そうだ、親父！　親父に連絡取って貰《もら》えれば……」

「……晶……くん？」

結衣が青ざめた顔でつぶやいた。会長も八重野先輩も信じられないといった顔で俺を見ている。

「え、何？　どうしたんですか？　結衣までそんな……」

「葛木……お前の父親は葛木茂樹《しげき》……でいいんだよな？」

八重野先輩は俺が頷くのを確認してから、再び口を開いた。

「葛木茂樹氏は四年前に殉　職《じゅんしょく》されている」

「う、嘘《うそ》だっ!!　だって、俺、この学校来るまで一緒に暮らしてたんだぞ!?」

八重野先輩に摑《つか》みかからんばかりの俺を止めたのは結衣だった。

「嘘じゃない、晶くん、嘘じゃないよ。だって私、お葬式《そうしき》行ったから……棺桶《かんおけ》の中も見て……だから……嘘じゃ……」

「結衣……」

結衣は俺の腕にしがみつき、今にも泣きそうな顔をしていた。

親父が死んだだって!?　そんなバカなことあるもんか。しかも四年前って……じゃあ、

俺がここに来る日の朝まで一緒に暮らしてたのは誰なんだ⁉

納得できない俺は、すぐに電話を借りて、家にも親父の携帯《けいたい》にも電話したけど、返ってきたのは『この番号は現在使われておりません』という無機質な声だけだった。

「いきなりこんな話されて混乱してるよな。まあ、嘘はついていないみたいだし、今はあんまり深く考えるな」

言いながら八重野先輩が、俺の肩をぽんっと叩《たた》く。

「考えるなって、それでいいんですか？　だって八重野先輩たちの話が本当だとしたら、俺は……俺は一体誰なんですか⁉　何者なんですか⁉」

取り乱す俺をなだめるように、肩に置かれた八重野先輩の手に力が入る。

「……俺たちもわけがわからないんだ。でも安心してくれ。学園側は当分のあいだは君のことを守ってくれると思う」

「なんでですか？　どう考えてもおかしいし、それが本当なら、俺は素性《すじょう》もわからない、怪しいやつなんですよ！　それなのに……」

「くるりちゃんとぐみちゃんが展示していたタイムマシン、あれ、見た目なんかしょぼいけど、一応ホンモノなんだよね」

突然そんなことを言い出した会長に、俺は苛立《いらだ》つ。

「今、そんな話、関係ないでしょ」

するると会長は人差し指を立て、ちっちっちと言いながら首を横に振った。

「そのタイムマシンの開発に、君の特殊な遺伝子がどうしても必要なんだって。学園は前から開発のために特殊な遺伝子ってやつを探してたんだけど……。しょーくんさ、くるりちゃんに髪の毛採取されたでしょ。あれで、しょーくんが特殊な遺伝子の持ち主だってことがわかって……。ほらっ、そもそも君が学園に残れる条件があったじゃん。検査を受けるってやつ。あれは、その遺伝子のための検査ってわけ」

「……だから、学園には俺を守る理由があるってことですか？」

「はい、正解です」

会長は静かに力強く頷いた。

俺は会長がいつものふざけた調子でいつ「冗談でした」って言ってくれるのか、期待していた。でも会長は、肩を落とし生徒会室を出ていこうとする俺を心配そうに見送るだけだった。

「晶くん……」

結衣の不安げな声が、誰もいない廊下に響《ひび》く。

「ごめん……ちょっとだけひとりになりたい……」

そう言うと結衣は何度も心配そうな顔で俺を振り返りながら先に寮へ帰っていった。その後ろ姿を見送った俺は、ふらふらと歩き出す。どこへ向かっているのかなんて、どうでもよかった。

頭の中は真っ白で、何をどう考えて良いのかさえわからず、結局、はっきりしているのは当分は学園にいられるっていうことだけだった。

親父と貧相《ひんそう》な朝食を食べたのはついこのあいだのことだ。前の学校のことだってちゃんと覚えてる。毎日通ってたし、それなりに友人だっていた。それなのに、俺が生きてきた痕跡はどこにもない。

俺は一体何者なんだろう……。

「晶さん」

どこへともなく歩いていた俺を誰かが呼び止める。振り返ると、そこにはすずのが立っていた。

「晶さん……私、記憶が戻りました」

「え？」

驚く俺に、すずのは優しく微笑んだ。それは胸が苦しくなるほど切ない笑顔だった。

「私は……あなたを迎えに来るために、あなたを助けるために、ここへ来たのです」

その瞬間、俺の脳裏をぞっとする考えがよぎった。

すずのが迎えに来た？　俺を？　どうして？

自分のことを幽霊だと言っているすずのが俺を迎えに来た……ってことは……すずの の姿は限られた人にしか見えなくて、他の人にとっては存在していない存在。じゃあ俺は？　俺は姿が見えているってだけで、生きていた痕跡のない存在……つまり……。

すずのは俺を屋上《おくじょう》へと連れて行った。俺に背を向け、空を仰いでいるすずの。俺はその後ろ姿を不思議な気持ちで見ていた。

そこには女の子ひとりが立っているだけ。ただ、それだけ。手を伸ばせば触れる距離。すずのは確かにここに存在している。俺もここに存在している。でも……。

「……俺は……誰なんだ？　迎えにって……」

救いを求めるような弱々しい声。自分の声なのに、まるで他人の声を聞いているみたいな気分だった。

「晶さんは晶さんです。安心してください。ただ今のあなたは、夢の中にいるみたいなものなんです。だからあなたが望めば、すぐに元通りの世界に戻れるんです」

「戻れる？　本当に？」

すずのが振り返る。微笑んではいたけど、その瞳は深い悲しみに揺れていた。そんな表情を目の当《まあ》たりにして、俺ははっとする。

「すずのは？　すずのはどこかへ行ってしまうのか？」

すずのは僅《わず》かに頷いた。

「どうして？　一体どこへ？　すずのは本当に幽霊なのか？」

「違います。私は幽霊ではありません。記憶を無くしていて、自分のことを幽霊だと思っていただけだったんです」

そこですずのがすっと手を挙《あ》げた。

その瞬間、さっきまでは何もなかったはずの場所に、白い扉が現れる。すずのは静かに歩き出すと、その扉の横に立った。

「この扉の向こうには、お父さんがいらっしゃって、お友達がいらっしゃって、ちゃんとあなたの足跡が残っている世界が待っています。あなたが望むなら、すぐにでもその世界に帰れるのです。でも……」

そこですずのは言葉を切ると、辛そうに目を伏《ふ》せた。

「……すずの？」

「でも……この扉の向こうに、結衣さんはいません」

「えっ？」

心臓をぎゅっと握りつぶされたみたいな気がして、うまく呼吸が出来ない。とにかく苦しくて、状況がよく飲み込めない。

「この扉に飛び込んだ瞬間、晶さんは結衣さんとお別れすることになります。もし、あなたがそれを望まないなら、このまま結衣さんと一緒にいたいのなら……そのときは、この扉の向こうにある世界とお別れすることになります。これは、どちらかひとつしか選べない選択なんです」

「向こうにある世界とお別れって……」

「誰もあなたの事を知らない、あなたが今まで残してきた何もかもが残っていない、そういう世界で生きていくことになります。ただ……」

「結衣はいる……」

俺が言うと、すずのがこっくりと頷く。

その瞬間、俺を取り囲む全てが闇《やみ》になった。上も下もない、どこまでも真っ暗な空間に俺は立っていた。しばらくすると、さっきまですずのの隣にあった白い扉が光を放つように目の前に浮かび上がる。

あの扉の向こうに、俺が今まで生きてきた世界がある。どうして、そこに結衣はいないんだろう。選ぶなんて俺には出来ない。どちらか片方を捨てるなんて俺には出来ない。出来ないよ……。

そのとき、遠くから懐《なつ》かしい声が聞こえた。

『両手に抱《かか》えられるものって案外少ないものなんだよ』

「親父？」

『大切だって思うなら決して離してはだめだよ』

「親父！」

叫んでみても、辺《あた》りは暗闇ばかりで、親父の姿はどこにもない。

俺はどうしようもなく親父に会いたくなった。いつまでも子供扱いして、正直うっとうしいと思ったこともあった。

それでも、親父がいなかったら、今の俺は存在しない。そんな当たり前のことに今さら気づいた俺は、無性《むしょう》に親父に会いたいと思った。

けど、そう思ったとき、俺の脳裏《のうり》に昔の記憶が蘇《よみがえ》る。

俺に背を向け座っていた親父。親父は俺がいることに気づいていなくって、死んだ母さんの写真を見ながら泣いていた。

それは初めて見る親父の涙だった。

驚いて、声をかけることが出来なかった俺に気づいた親父は、照れたように笑いながら言った。

『こんなところ母さんに見られたら笑われちゃうな。でも……ちょっと早すぎたよな。もう少しだけ、もう少しだけでいいから、一緒にいたかったな』

死んでから何年も経《た》っているのに、母さんのために泣いていた親父。

今ならそんな親父の気持ちが痛いほどわかる。すずのから、あっちの世界には結衣がいないと聞かされただけで、苦しいほど胸が痛んだ今なら……。

「すずの！　俺は結衣を選ぶよ」

言った瞬間、突風が吹き荒れ、俺は思わず目をつぶった。

親父、許してくれ……。

『違うんだよ。自分を許してあげるんだよ。精一杯、大事な人から離れないように。ぎゅっとしてあげられるように』

最後にまた、親父の声が聞こえた気がした。

「晶くんっ!!」

乱暴に開け放たれたドアから、結衣が駆《か》け込《こ》んできた。気がつくと、俺は屋上にひとりで立っていた。

「遅いから心配になって……晶くんがどこかへ行ってしまいそうな気がして……それで私……校舎中探して……」

息を切らしながら必死に話す結衣を思いっきり抱きしめる。

そして俺は、あたたかい結衣の体をきつく抱きしめながら、この世界で繋がりあるもの、それはもう結衣だけなんだってことを強く感じていた。

「結衣……俺と……ずっと一緒にいてくれ……俺がどこの誰でも……どんな存在でも……俺だけを好きでいて欲しい……」

「うん……一緒に、いるよ。私も……晶くんのことが好きだから……」

俺たちはお互いがここにいるってことを確かめ合うみたいに、きつく抱きしめあった。このときが永遠に続きますようにと祈りながら……。

「……あっ！」

先に気づいたのは結衣だった。俺の胸の中で顔を上げ、空を仰いでいる結衣。つられて俺も空を見上げると、そこにすずの姿があった。

信じられないことに、すずのは背中に大きな翼を広げ、ふわふわと宙に浮いていた。

「結衣さん、晶さん、お別れです」

「え？　お別れ？　どうして？」

結衣が聞くと、すずのは寂《さび》しそうに微笑んだ。

「もう帰らなければならないのです」

「帰るって、どこへ？」

俺の言葉に、すずのは躊躇《ためら》いがちに答える。

「私は未来から来たのです」

「えええええー！」

俺と結衣が同時に叫ぶ。まさかの回答に驚く俺と結衣を目の当たりにしたすずのは、少しだけ楽しそうに笑った。

「驚かせてごめんなさい。私は時間と空間を飛び越える『フライア』という装置を使って未来から来たのです。フライアのプロトタイプは、この学園で作られました。晶さんも結衣さんも一度見たはずですよ」

すずのに言われて俺は、ぐみちゃんがタイムマシンだと言い張ったダンボールを思い出す。会長からホンモノだと言われたときも信じられなかったけど、今もまた信じられなかった。

「晶さん、覚えていますか？　この学園に初めて来たとき、花火の爆発に巻き込まれてしまったこと」

「え？　それは生徒会長さんでしょう？」

首をひねる結衣に、すずのは小さく頷いて見せた。

「こっちの世界ではそうです。でも晶さんがいた世界では違うのです。私はあの爆発でこっちの世界に飛ばされてしまった晶さんを救うために未来から来ました。でも、助けようとしていた私もまた、一緒に爆発に巻き込まれ、そのショックで記憶を失ってしまったのです。今はもうすべてを思い出しましたけど……」

「……こっちの世界とか……晶くんがいた世界とか……どういうことなの？　晶くんはやっぱりどこかへ行っちゃうの？」

結衣が俺の洋服の裾《すそ》をぎゅっと握りながら、不安げな声を上げる。そんな結衣を安心させるように、すずのは優しく微笑んだ。

「結衣さん、結衣さんと晶さんが強い絆《きずな》を保《たも》っていれば、やがて晶さんはこの世界にいなくてはならない人になります。ときには困難にぶつかることもあるかもしれません。でも、晶さんは強い人です。晶さんと結衣さんならどんなことがあっても乗り越えられる、私はそう信じています」

いつも頼りなげだったすずのの凛《りん》とした声が胸に響く。すずのを見つめる結衣の顔から、不安の色が消え去っていく。

「すずのちゃん、ありがとう」

そう言って結衣は笑った。それはぽかぽかとあたたかい春の日みたいな穏《おだ》やかな笑顔だった。

「そんな……私の方こそ……ありがとう……ございました」

ぺこりと頭を下げながら、声を詰まらせるすずの。そんなすずのの様子を見て、俺は別れの時が近づいているのを悟った。結衣も同じ事を考えているのか、必死に涙をこらえている。

「すずの、俺からも、お礼を言うよ。俺、失ったものは決して少なくないけど、でも後悔はしてない。俺はこの世界ですごく大切なものを見つけたんだ。たぶんすずのは俺たちのために、俺たちが思っている以上にいろいろしてくれたんだと思う。だから……ありがとう」

泣きながらこくこくと頷くすずのは、俺が知ってる頼りなげでちょっとドジないつものすずのだった。

「もう……行かなきゃ……」

つぶやくようにそう言うと、すずのは音も立てず空高く舞い上がっていく。

「さようなら、結衣さん、晶さん。ありがとうございました！」

「すずのちゃん!!」

どんどん小さくなっていくすずのに向かって、結衣がありったけの声で叫ぶ。

「すずのっ！」

俺もめいっぱい叫んだ。

小さくなったすずのの姿は、やがてオレンジ色の夕陽《ゆうひ》に反射して影になり、ついには空の向こうに消えてしまった。


俺と結衣は、いつまでもすずのが消えた空を見つめていた。

「行っちゃったね」

空を見上げる結衣の瞳は泣きはらして真《ま》っ赤《か》になっていた。

「そうだな」

俺はまだ夢の中にいるような気分だった。

後悔はしていない。これからもずっとこうして結衣の隣にいられると思うと、ふわりとする幸福感に包まれ、穏やかな気持ちになる。でも、失ったものの大きさを考えると、途方《とほう》もない不安が胸に押し寄せてくるのも確かだった。

「晶くんに寂しい思いなんて絶対にさせないからね」

「え？」

見れば、結衣は困ったような顔で、躊躇いがちに俺の服の袖《そで》をつんつんと引っ張っていた。

「えっと……その、あの……だから、晶くんのお父さんの役でも、お友達の役でも、私、何でもやるから。いっつもお父さんと暴れん坊老中《ろうじゅう》ごっことかしてるし、そういうの得意なんだよ。だから……お節介《せっかい》な親戚《しんせき》のおばちゃんの役だって、いたずらばっかりする近所の子供の役だって、晶くんが寂しくないように私が全部やってあげ……」

俺はたまらず結衣をぎゅっと抱きしめた。

結衣はきっと気づいているんだ。俺がすべてを捨てて結衣を選んだってことを……。

親父がいるあの扉を選ばなかったことを……。

「ありがとう、結衣……ありがとう……」

今になって涙がこぼれてきた。

失《うしな》ったものの大きさを思い知り、ちょっとだけ名残惜《なごりお》しくて、自分が生きてきた足跡を思って、俺は結衣の髪に顔を埋めて泣いた。思いっきり泣いたら、涙とともに不安の渦が流れていった。

顔を上げると、そこにはいつもの結衣の笑顔があった。

「大丈夫……大好きな人と一緒だから。一番大切な人と一緒だから」

俺の言葉に、結衣はまたにこっと微笑む。

「晶くん」

結衣の優しい声が耳に心地よく流れ込んでくる。胸の奥がほわっとあたたかくなる。

これは奇跡なんだ。

大事な人とずっと一緒にいられる奇跡。

だから俺は自分を許そう。

結衣のすべてを、ずっとずっと、ぎゅっとしてあげられるように……。

エピローグ

MAXX

「桜子《さくらこ》の『考えるちょんまげ』のミニチュアケーキが繚蘭祭《りょうらんさい》ですごく好評《こうひょう》だったでしょう？　それで、また桜子に新作のアイディアをお願いしたの」

「いろいろ悩んだんですけど『ちょんまげのビーナス』はどうかと……」

相変わらず『limelight《ライムライト》』の話になるといきいきとした表情を見せる天音《あまね》。優雅《ゆうが》に微笑《ほほえ》みながら自分のアイディアを発表する水無瀬《みなせ》。

「わあ、桜子ちゃん天才！　早く食べたいよ～」

そして俺の隣《となり》には、無邪気にはしゃぐ結衣《ゆい》がいる。穏《おだ》やかな午後の光が差し込む談話室には、賑《にぎ》やかな笑い声が溢《あふ》れていた。

ただ、九条《くじょう》とマックスだけがさっきからにこりともせず、ふたりで話し込んでいる。

「それじゃ、ちょっと愛嬌《あいきょう》がない感じがするな」

「そう？　でもこれがだめとなると……」

「何の話してるんだ？」

俺が聞くと、九条のしかめっ面がさらにしかめっ面《つら》になった。

「むっ……エレクトリックエナジー１８９５号の名前を考えてるの」

「え、えれくとりっく……何？」

自分から聞いたくせにまったく理解できない俺に、九条は冷《ひ》ややかな視線を向ける。

うっ……だってわからないんだから仕方ないじゃないか……。

九条の視線にノックアウトされた俺の肩を、マックスの丸っこい手が励《はげ》ますようにぽんぽんと叩《たた》く。

「マミィが完成させたタイムマシンだよ。あいつにもコードネーム以外のかっちょいい名前をつけてやろうぜって話をしてたんだよ。俺にもちゃーんと名前があるからな！」

それからふたりはまた、ああでもないこうでもないと話し始める。なんだか難しい単語がいくつも耳に入ってくる。

俺は、空の向こうに消えていったすずのの姿を思い出していた。ふと隣を見ると、結衣の視線とぶつかる。

「フライア……」

顔を見合わせながら、俺と結衣は同時にその言葉を口にしていた。

「フライア？」

九条が勢いよく振り返る。

「どういう意味なの？」

天音に聞かれて、俺も結衣もしどろもどろになる。

「えっ？　意味？　それは……結衣知ってる？」

「へ？　あっ、えっと、な、なんだろうねー」

するとマックスからウィーンという機械音が聞こえてくる。

「ちょい待て。えーっとな……ふむふむー」

どうやら単語の意味を調べているらしい。

「……『空を飛ぶもの』とか『飛ぶように素早く動くもの』って意味らしいぜ！」

「まあ、素敵《すてき》な言葉ですね」

水無瀬が両手をあわせにこりと微笑むと、九条は難しい顔のまま呟《つぶや》いた。

「……悪くない」

「よっし、って事は……」

マックスの言葉に九条がこくんと頷《うなず》くと、結衣は俺にしか聞こえない声で囁《ささや》く。

「すずのちゃん。私たちが『フライア』って名前をつけたって知ったら驚くかな？」

「驚くだろうな。でも、きっと喜んでくれるよ」

「そうだよね。いつか……会えるかな」

「会えるよ。だって、すずのがいるのはこれから俺たちが必ず迎える未来なんだから。いつか必ず……」

「うん、そうだね。会えるよね、絶対……」

ここには、何気ないけど何にも代《か》え難《がた》い特別な時間が流れている。

そう思えるようになったのは、やっぱり結衣の存在が大きかった。

あのとき、結衣を選んだとき、ひとりぼっちになってしまった俺は、確かに結衣の存在に救われた。

でも、それだけじゃなかった。

俺は決してひとりぼっちなんかじゃなかった。ここにいるみんなや、もっともっといろいろなものに支えられていた。

少しずつだけど、俺はこの世界に足跡を残している。

あとがき

食べることが大好きな晶《しょう》くんと結衣《ゆい》ちゃん。『腹ぺこ』が共通点という異色のふたりだけど、どこかほんわかとしていて、かわいらしくて、見ているこっちが癒《いや》されてしまうような愛らしいふたり。

そんなふたりの恋は、激しい感情に突き動かされた突っ走るような恋じゃなくて、ふたりでいるのが自然だから一緒にいる、そんな穏《おだ》やかで優しい恋。

だけど、心の奥底では固い絆《きずな》で結ばれていて、どんな困難でも乗り越えようとする強さも兼《か》ね備《そな》えている。

そんなふたりの恋物語は、読んでいて優しい気持ちになれるようなお話にしたいな、と思いながら書いたのですが、いかがでしたでしょうか。

みなさんがどう感じたのか、聞かせていただければとっても嬉《うれ》しいです。

ところで、私も晶くんや結衣ちゃんに負けないくらい食べることが大好きなのですが、最近は食べ物そのものよりも、それを盛りつける器《うつわ》の方に凝《こ》っちゃってます。

なぜって、すっごくテキトーに作ったものでも、ちょっとオシャレな器に気取《きど》って盛《も》りつけるだけで、どこぞのレストランに来たのかしらって感じの気分になれちゃうからです。

そう、大事なのは「気分」です。

この「気分」ってやつの調子が悪いと、どんなに美味《おい》しいものを食べても、全然美味しいと思えないし、逆に「気分」の調子が良ければ、大《たい》したことないお料理でも美味しく感じてしまうんですよね。

だからって、カップラーメンをどんなにオシャレな器に盛ってもダメですよ。

カップラーメンは、あのカップのまま、テレビでも見ながら、出来《でき》れば薄汚《うすよご》れた感じの部屋着で気取らず食べるのが一番美味しいのです。なぜなら、それがカップラーメンにふさわしい「気分」だから。

お腹《なか》空《す》いたなあ……。でも冷蔵庫の中は空《から》っぽだし、コンビニまで行くのもめんどくさいし、なんかないかなあ……。あっ、カップラーメンあるじゃんラッキー！

という「気分」がカップラーメンにふさわしい「気分」なのです。

たとえ、冷蔵庫の中に大量の食材があっても、コンビニまで歩いて一分という好立地な場所に住んでいても、そういう「気分」で食べてください。絶対、その方が美味しいですからっ！

と、私は信じているのです。

そして、そんな「気分」を盛り上げるためのアイテムのひとつが器なんですよね。

もちろん、お料理だけじゃなく、お酒も器にこだわると面白いですよ。

私はスパークリングワインを飲むことが多いんですけど、毎回ちゃんとワイングラスで有名なリーデル社のシャンパン専用グラスで飲んでいます。するとどうでしょう、あら不思議、安いスパークリングワインなのに、高級シャンパンを飲んでいるような気分に……って、もう、ほとんど自己暗示の世界ですけどね。

あと、忘れてはいけないのは、やっぱり誰《だれ》と食べるかってこと。恋人、友人、家族……。大好きな人や大切な人と楽しく囲む食卓《しょくたく》で食べたり飲んだりするのが、なによりも大事なのではないかと思うのです。

大切な人と一緒に楽しく食事が出来る、それってすごく幸せなことだと思いませんか。決して難しいことじゃないし、単純なことなんですけど、でも、そういうことって意外と忘れがちなんですよね。

みなさんは、すぐ近くにある幸せ、見逃《みのが》してませんか。

毎日ごはんが食べられること、隣《となり》に誰かがいてくれること、明日が来ること、そんなあたりまえのことに感謝できる気持ちを持てば、きっと幸せはいつでもすぐそばにある、と思うのです。

では最後に、ここまでおつきあいいただき本当にありがとうございました。みなさんにも晶くんや結衣ちゃんのように、穏やかで優しい恋が訪《おとず》れますように……。

二〇〇九年六月　岡崎《おかざき》いずみ

ドーナツVSうま　棒 再び

のいぢさんが忙しかったので、さし絵
描かせてもらいました。ごちそうさまです。
結衣ちゃんと晶くんは見てると和みます…。

Pero
2009.5.30

■ご意見、ご感想をお寄せください。

ファンレターの宛て先
〒102-8431東京都千代田区三番町6-1
株式会社エンターブレイン　ファミ通文庫編集部
岡崎いずみ　先生
いとうのいぢ　先生　ぺろ　先生

■ファミ通文庫の最新情報はこちらで。

エンターブレインホームページ
http://www.enterbrain.co.jp/fb/

■本書の内容・不良交換についてのお問い合わせ。

エンターブレインカスタマーサポート　0570-060-555
（受付時間 土日祝日を除く 12:00～17:00）
メールアドレス：support@ml.enterbrain.co.jp

ファミ通文庫
Flyable《フライアブル》 Heart《ハート》
二〇〇九年七月一〇日　初版発行

著　者　岡崎《おかざき》いずみ
発行人　浜村弘一
編集人　森　好正
発行所　株式会社エンターブレイン
〒一〇二-八四三一　東京都千代田区三番町六-一
電話　〇五七〇-〇六〇-五五五（代表）
編　集　ファミ通文庫編集部
担　当　長島敏介／儀部季美子
デザイン　前之浜ゆうき
写植・製版　株式会社オノ・エーワン
印　刷　凸版印刷株式会社

定価はカバーに表示してあります。

F7
1-1
880

ISBN978-4-7577-4933-7

ALICE♥ぱれーど
ふたりのアリスと不思議の乙女たち

著者／岡崎いずみ
イラスト／伊東雑音

大人気ハーレムADV ノベライズ！

男子大学生・亜梨須《ありす》が突然連れて来られたのは、女の子だけの国「スウィートワンダーランド」だった！　キュートで個性的な美少女たちに振り回される亜梨須だが、少しずつこの不思議な世界の謎が明らかに……！　大人気ADV『ALICE♥ぱれーど』待望のノベライズ登場！

ファミ通文庫

発行/エンターブレイン

ななついろ★ドロップス

著者／市川環《いちかわたまき》
イラスト／いとうのいぢ

つわぶきくんの記憶を、取り戻すために……

石蕗正晴は、ある事情から記憶を失ってしまう。秋姫すももは、必死に彼の記憶を取り戻そうとするのだが……。すれ違う想い、そして2人だけの約束の行方は⁉　大人気の恋愛初心者どきどきアドベンチャーゲーム『ななついろ★ドロップス』の小説版がついに登場！

ファミ通文庫
発行／エンタープレイン